CB045704

Mulheres

Osamu Dazai

Mulheres

Tradução, notas e textos complementares
Karen Kazue Kawana

© Editora Estação Liberdade, 2022, para esta tradução

PREPARAÇÃO Fábio Fujita
REVISÃO Larissa Luersen e Valquíria Della Pozza
EDITOR ASSISTENTE Luis Campagnoli
COMPOSIÇÃO Caroline Costa e Silva
IMAGEM DE CAPA Uemura Shoen (1875-1949), *Vaga-lume*, tinta sobre seda, 1913; Yamanate Museum of Art
SUPERVISÃO EDITORIAL Letícia Howes
EDIÇÃO DE ARTE Miguel Simon
EDITOR Angel Bojadsen

CIP-BRASIL. CATALOGAÇÃO NA PUBLICAÇÃO
SINDICATO NACIONAL DOS EDITORES DE LIVROS, RJ

D318m

Dazai, Osamu, 1909-1948
Mulheres / Osamu Dazai ; tradução Karen Kazue Kawana. - 1. ed. - São Paulo : Estação Liberdade, 2022.
272 p. ; 21 cm.

"Coletânea de contos"
Apêndice
ISBN 978-65-86068-61-0

1. Contos japoneses. I. Kawana, Karen Kazue. II. Título.

22-77397
CDD: 895.63
CDU: 82-34(520)

Meri Gleice Rodrigues de Souza - Bibliotecária - CRB-7/6439
26/04/2022   27/04/2022

Todos os direitos reservados à Editora Estação Liberdade. Nenhuma parte da obra pode ser reproduzida, adaptada, multiplicada ou divulgada de nenhuma forma (em particular por meios de reprografia ou processos digitais) sem autorização expressa da editora, e em virtude da legislação em vigor.

Esta publicação segue as normas do Acordo Ortográfico da Língua Portuguesa, Decreto nº 6.583, de 29 de setembro de 2008.

EDITORA ESTAÇÃO LIBERDADE LTDA.
Rua Dona Elisa, 116 | Barra Funda
01155-030 São Paulo – SP | Tel.: (11) 3660 3180
www.estacaoliberdade.com.br

Sumário

Nota da tradutora — 9

A luminária — 11
A estudante — 21
As tenras folhas das cerejeiras
  e o assobio misterioso — 69
Pele e coração — 79
Sem que ninguém saiba — 103
O grilo — 115
Chiyojo — 133
A humilhação — 151
8 de dezembro — 163
À espera — 177
História de uma noite de neve — 181
A esposa de Villon — 189
Osan — 221
Madame Hospitalidade — 239

Apêndices — 251
Sobre os contos — 253
Sobre o autor — 259

Nota da tradutora

Mantive o título dado por Dazai à coletânea publicada em 1942 que reunia seus contos com narradoras-protagonistas. Espero que os leitores apreciem a peculiaridade das narrativas e que elas despertem neles o desejo de se aprofundarem na obra desse escritor. Conservei algumas palavras e expressões em japonês quando achei que uma paráfrase faria com que o sentido original se diluísse e acrescentei explicações resumidas sobre alguns elementos históricos e culturais em notas de rodapé. Os nomes japoneses seguem a convenção ocidental, com o prenome primeiro e o sobrenome familiar depois. Sou grata à professora doutora Neide Hissae Nagae pelo apoio, pela paciência e pelos questionamentos que me auxiliaram na tradução dos textos durante meu mestrado em língua, literatura e cultura japonesa pela Faculdade de Filosofia, Letras e Ciências Humanas da Universidade de São Paulo; e também ao Osmyr por ter me introduzido à literatura japonesa.

A luminária

Quanto mais me justifico, menos acreditam em mim. As pessoas demonstram cautela. Sinto saudade e tudo o que eu quero é ver suas expressões, mas elas me recebem como se perguntassem: "O que ela está fazendo aqui?" É horrível!

Já não tenho vontade de ir a lugar algum. Escolho uma hora em que já escureceu até para ir ao banho público aqui perto. Não quero que ninguém veja meu rosto. Ainda assim, sinto que a claridade de meu *yukata*[1] pairando na noite escura de verão é terrivelmente conspícua, uma sensação tão penosa que tenho a impressão de que vou morrer. Esfriou bastante ontem e hoje. Logo estaremos na época da sarja e penso em comprar um quimono escuro simples feito com esse tecido o mais rápido possível. Passarei o outono, o inverno e a primavera vestida assim, mas, quando o verão chegar, não conseguirei sair por aí trajando um *yukata* sem estampas. Ao menos no próximo verão, quero poder vestir sem receios um quimono com estampa de glórias-da-manhã. Quero caminhar no meio da multidão em dias festivos com uma maquiagem leve; só de imaginar o deleite que essa ocasião irá me proporcionar, meu coração bate mais forte.

---

1. Tipo de quimono leve, geralmente feito de algodão, usado no verão.

Eu roubei. Não posso negar. Não que eu me orgulhe disso. No entanto... Não! Contarei desde o início. Deus é minha testemunha, não confio nas pessoas, acredite quem quiser.

Sou a filha única de um humilde fabricante de tamancos. Na noite passada, eu estava sentada na cozinha fatiando cebolinhas. "Mana!", ouvi uma criança gritar chorosa no terreno baldio atrás de casa. Parei de fatiar as cebolinhas e pensei que, se eu também tivesse uma irmã ou irmão mais novo que chamasse por mim choramingando, talvez eu não me encontrasse na minha situação atual. Lágrimas mornas vieram aos meus olhos por causa da cebolinha. Enxuguei-as com as costas das mãos, mas o cheiro dela apenas se tornou mais acentuado. Mais e mais lágrimas vieram aos meus olhos sem que eu pudesse contê-las.

Foi neste ano, quando as folhas das cerejeiras surgiam, que a cabeleireira passou a espalhar o boato de que eu, a garota caprichosa, estava apaixonada. As barracas começavam a vender íris e cravinas nas noites de celebrações nos templos. Eu me sentia feliz. Mizuno vinha ao meu encontro após o anoitecer; antes que o sol se pusesse, eu já havia trocado de roupa, me maquiado e entrado e saído pelo portão de casa inúmeras vezes.

As pessoas da vizinhança observavam meu comportamento e diziam que Sakiko, a filha do fabricante de tamancos, estava enamorada. Descobri depois que elas apontavam o dedo na minha direção sem que eu percebesse, cochichavam, riam. Meus pais também deviam ter percebido, mas não diziam nada. Estou para completar vinte e quatro anos. Ser pobre explica um pouco por que ainda não me casei ou não tenho um noivo, mas isso não é tudo. Minha mãe era a concubina de um conhecido proprietário de terras da cidade, mas foi morar com meu pai sem demonstrar nenhuma gratidão pelo antigo benfeitor. Vim ao mundo logo em seguida. Meus olhos e nariz não são parecidos nem com os do proprietário de terras nem com os do meu pai. Meus pais acabaram sendo marginalizados e tratados como párias por algum tempo. É natural ser tratada com frieza, tendo nascido nessa família. Entretanto, com essa minha aparência, é provável que eu recebesse o mesmo tratamento ainda que tivesse nascido em berço esplêndido. Mas não guardo rancor de meu pai. Nem de minha mãe. Sou filha dele. Independentemente do que os outros digam, acredito nisso. Meus pais cuidam de mim. De minha parte, também me preocupo com eles. Ambos são frágeis. Eu mesma fico cheia de dedos com eles. É preciso proteger com especial gentileza as pessoas sensíveis e inseguras. Eu pensava em suportar qualquer sofrimento e dor pelos meus pais. Depois que conheci Mizuno, no entanto, acabei negligenciando um pouco esse dever filial.

Tenho vergonha de contar isto. Mizuno era um estudante da Escola de Comércio cinco anos mais jovem do que eu. Mas peço que me compreendam. Não foi uma escolha minha. Conheci Mizuno na primavera, na sala de espera do consultório de um oftalmologista perto de casa. Tive um problema no olho esquerdo e decidi consultar um médico. Sou o tipo de mulher que gosta de alguém à primeira vista. Como eu, ele trazia uma gaze branca sobre o olho esquerdo e virava as páginas de um pequeno dicionário com a testa franzida e uma expressão de desconforto. Parecia não estar bem. Eu também estava aborrecida com aquele olho coberto. Observava através da janela da sala de espera as folhas novas da castanheira, que pareciam arder em chamas esverdeadas envolvidas pelo ar quente. Todas as imagens exteriores faziam parte de uma terra distante de contos de fadas. Até mesmo o rosto de Mizuno não devia ser deste mundo, de tão belo e aristocrático. Aquilo certamente era fruto da vertigem produzida pela gaze sobre o meu olho.

Mizuno era órfão. Não tinha ninguém que lhe fosse próximo.

Era filho de uma família de comerciantes de produtos farmacêuticos consideravelmente abastada. Sua mãe morreu quando ele era bebê, e seu pai, quando tinha doze anos. Seus dois irmãos mais velhos e sua irmã mais velha foram separados e ficaram a cargo de parentes distantes. Mizuno, o caçula, foi criado pelo administrador do negócio, que o matriculou na Escola de Comércio. Apesar disso, ele não se sentia muito à vontade e levava uma vida solitária. Afirmava, com veemência, que os momentos em que caminhávamos ou estávamos juntos eram os únicos que o animavam. Ele também sofria muitas privações. No verão, contou que iria à praia com amigos, mas não demonstrava animação com a ideia; ao contrário, parecia até abatido. Foi na noite desse mesmo dia que pratiquei o crime. Roubei uma roupa de banho masculina.

Entrei na maior loja de departamentos da cidade, a Daimaru, e fingi que examinava peças femininas. Enrolei rapidamente uma roupa de banho preta que estava atrás delas e a escondi debaixo do braço. Saí da loja demonstrando tranquilidade, mas dois ou três minutos depois ouvi alguém berrar atrás de mim:

— Ei, você!

O pânico foi tão grande que quase soltei um grito. Saí correndo feito uma louca.

— Ladra! — Ouvi uma voz vociferar às minhas costas. Levei um golpe nos ombros e tropecei. Quando me voltei, alguém estapeou o meu rosto.

Fui levada ao posto de polícia. Uma multidão se amontoava na frente do local como um formigueiro. Eram todos rostos familiares. Meus cabelos estavam desgrenhados e minhas pernas escapavam do *yukata*, deixando os joelhos expostos. Uma aparência indecente.

O policial me fez sentar em uma sala estreita nos fundos do posto e começou o interrogatório. Era um tipo desagradável, de cerca de vinte e sete ou vinte e oito anos, com um rosto pálido e oval, e usava óculos de aros dourados. Perguntou meu nome, meu endereço e minha idade. Anotou tudo em um caderno. Então, deu um sorriso malicioso.

— Contando esta, foram quantas vezes? — perguntou.

Senti a minha espinha gelar. Não sabia o que responder. Se ficasse ali sem dizer nada, seria posta na cadeia. Receberia uma grande pena. Precisava de uma desculpa sagaz, procurava desesperadamente por palavras para me defender. O que poderia argumentar? Estava desorientada, nunca senti tanto medo. Um tanto histérica, consegui balbuciar qualquer coisa de forma desajeitada e afoita. No entanto, depois de começar a falar, era como se tivesse sido possuída por alguma entidade, não conseguia mais parar, como se eu tivesse enlouquecido:

— Não me prenda! Não tenho culpa. Vou fazer vinte e quatro anos. Cuidei de meus pais durante toda a minha vida. Servi meu pai e minha mãe com dedicação. O que fiz de errado? Nunca fiz nada pelo qual pudesse ser condenada. Mizuno é uma pessoa exemplar. Ele certamente será alguém importante na vida. Eu sei disso. Não queria que ele passasse vergonha. Ele iria para a praia com os amigos. Eu queria que ele tivesse o necessário para seu passeio, isso é um crime? Posso ser estúpida, burra, mas só queria que Mizuno estivesse impecável. Ele vem de uma família distinta. É diferente dos outros. Não me importo com o que aconteça comigo desde que ele tenha sucesso, isso é o que importa para mim, o resto não me interessa. Tenho um dever a cumprir. Não posso ser presa. Nunca fiz nada de errado por vinte e quatro anos. Não é verdade que me dediquei aos meus pobres pais? Não, o senhor não pode me prender! Não há motivo para me prender! Trabalhei e trabalhei durante vinte e quatro anos, e só porque certa noite minha mão se confundiu, só por isso, esses vinte e quatro anos, quer dizer, minha vida inteira será destruída? Isso é um absurdo! Está errado! Não faz sentido! Só porque, uma única vez na vida, sem querer minha mão direita afastou-se trinta centímetros, significa que costumo roubar? Isso é demais! É demais! Não vê que não passou de um incidente isolado que durou dois ou três minutos? Ainda sou jovem. Tenho uma vida inteira pela frente. Viverei da mesma forma, suportando privações. Só isso. Nada irá mudar. Sou a mesma Sakiko de ontem. Uma roupa de banho, isso pode incomodar o senhor Daimaru? Não há quem minta e extraia mil, dois mil ienes? Não há quem se aproprie das economias de uma vida e, ainda assim, seja elogiado? A cadeia é feita para quem, afinal? Só os pobres são presos! Com certeza só os fracos e honestos, incapazes de enganar os outros. Como não são ardilosos o suficiente para enganar os outros e levar uma boa vida, sem alternativas acabam fazendo coisas estúpidas, roubam dois ou três ienes e têm que passar cinco ou dez anos na cadeia. Ha, ha, ha! Que coisa sem sentido! Que diabos! Ah, quanta bobagem, não é mesmo?

Eu devia mesmo estar louca. Com certeza, estava. O policial me observava fixamente com o rosto pálido. Comecei a sentir afeição por ele. Eu chorava, mas, ao mesmo tempo, tentava forçar um sorriso. Acabei sendo tratada como uma débil mental. O policial me conduziu à delegacia com grande cuidado, como se lidasse com uma doente com feridas infectas. Passei a noite em uma cela, meu pai veio me buscar pela manhã. Mandaram-me para casa. No caminho de volta, ele só perguntou se me bateram e ficou quieto.

Quando vi o jornal vespertino, meu rosto ficou completamente ruborizado. Havia um artigo sobre mim. A manchete dizia: MESMO UMA LADRA TEM OS SEUS MOTIVOS: A FLUÊNCIA E A RETÓRICA DE UMA GAROTA DE ESQUERDA. A humilhação não terminava ali. Os vizinhos ficavam vagando ao redor de casa, a princípio sem que eu entendesse direito por que faziam aquilo, até me dar conta de que desejavam ver meu estado. Fiquei desconcertada. Aos poucos, comecei a entender a dimensão do meu ato; se houvesse algum veneno em casa naquela época, eu o teria tomado de boa vontade. Se houvesse um bambuzal por perto, teria entrado nele e me enforcado sem pestanejar. Nossa loja permaneceu fechada por dois ou três dias.

Passado algum tempo, recebi uma carta de Mizuno:

Sakiko, você é a pessoa em quem mais confio neste mundo. No entanto, falta-lhe instrução. Você é uma mulher honesta, mas, devido ao meio em que cresceu, possui alguns defeitos. Tentei corrigi-los, mas há pré-requisitos indispensáveis. A educação é imprescindível para o ser humano. Fui à praia com alguns amigos para um banho de mar. Discutimos longamente sobre a necessidade de o ser humano ter ambições. Em pouco tempo, seremos pessoas importantes. Você também, Sakiko, e a partir de agora deve agir com prudência e reparar ao menos uma parte de seu crime, pedindo perdão à sociedade. Ela abomina o crime, não a pessoa que o cometeu. Saburo Mizuno.

PS. Após a leitura, queime esta carta e seu envelope. Não se esqueça de fazer isso!

Esse era todo o conteúdo da carta. Tinha me esquecido de que Mizuno, acima de tudo, era de família rica.

Os dias espinhosos passaram e tornaram-se mais amenos. Esta noite, meu pai disse que a luz da luminária da sala estava muito fraca e depressiva e a trocou por uma mais potente, de cinquenta watts. Meus pais e eu jantamos iluminados pela claridade da luminária. Minha mãe pousou a mão com os hashi sobre a testa e disse bastante animada: "Quanta luz, quanta luz!" Pus mais arroz na tigela de meu pai. "No fundo, nossa alegria consiste em pequenas coisas, como trocar a lâmpada da sala", pensei. No entanto, aquilo não me deixou triste; ao contrário, a pálida luz acesa por nossa família parecia um caleidoscópio muito bonito. "Se quiserem espiar, espiem! Pais e filha, há beleza aqui!" Uma felicidade serena irrompeu em meu peito e quis anunciá-la até mesmo para os insetos do jardim.

A estudante[1]

Pela manhã, a sensação que tenho ao abrir os olhos é estranha. Como quando brinco de esconde-esconde e fico agachada dentro do guarda-roupa escuro em silêncio. Deko abre a porta corrediça de repente e a luz do sol penetra em seu interior. "Achei!", grita ela. A luminosidade causa uma sensação desconfortável, o coração bate forte no peito. Ajeito a frente do quimono, saio do guarda-roupa um pouco sem graça e fico zangada sem querer. Essa é a sensação. Não, não, a sensação é mais frustrante. É como quando abrimos uma caixa e há outra menor em seu interior, e mais uma dentro desta, e assim sucessivamente: caixas cada vez menores e, depois de sete ou oito delas, ao final encontramos uma caixa do tamanho de um dado; então a abrimos com cuidado, até constatarmos que não há nada lá dentro. Está vazia. Eis a sensação. Ou algo bem parecido. Abrir os olhos e já estar desperto, isso não existe. A parte sólida de um líquido turvo se deposita gradualmente no fundo, e uma faixa pura de líquido se

---

1. O texto é baseado no diário enviado a Dazai por uma leitora, Shizuko Ariake. Ele foi escrito quando ela tinha dezenove anos e compreende um período de quatro meses (abril a agosto). O autor o comprimiu em um dia e o transformou em um texto com características próprias.

forma acima; fatigados, os olhos se abrem. A manhã tem algo de impudente. Muitas, muitas coisas tristes assaltam meu peito, é insuportável! É horrível! Horrível! A manhã é o momento em que minha feiura fica especialmente notória. Minhas pernas estão exaustas e não tenho vontade de fazer nada. Talvez meu sono não seja adequado. A manhã é saudável, dizem, mas é mentira. A manhã é cinza. Sempre, sempre a mesma. O momento mais vazio. Sou sempre pessimista pela manhã, enquanto estou na cama. Detesto isso! Vários pesares se condensam de uma só vez, obstruem meu peito e agonizo.

A manhã é maldosa.

— Papai — chamei em voz baixa. Levantei-me estranhamente envergonhada e feliz, e dobrei o futon com presteza. Na hora de erguê-lo, deixei escapar: "Upa!" Isso me desconcertou. Nunca pensei que fosse o tipo de garota que usasse expressões como "Upa!". Parece um termo usado por velhas senhoras, que coisa detestável! Por que usei essa expressão? Era como se houvesse uma anciã em algum recanto dentro de mim, e isso me causava um efeito desagradável. Eu devia ser mais cuidadosa. Era como se eu franzisse o rosto em desaprovação ao notar a forma de caminhar de uma pessoa e, de súbito, me desse conta de que eu também caminhava da mesma forma. Uma sensação ruim.

Nunca me sinto confiante pela manhã. Sentei-me de pijama diante da penteadeira. Quando olhei para o espelho sem os óculos, meu rosto parecia um pouco borrado e sereno. Detesto usar óculos, mas eles têm pontos positivos que as pessoas ignoram. Gosto de tirá-los e mirar ao longe. Tudo fica indistinto, como um sonho, como um zootrópio, uma visão maravilhosa! Não há sujeira. Vejo apenas grandes objetos e cores fortes, vívidas; uma luminosidade intensa que acaba por impactar minha vista. Também gosto de tirar os óculos e olhar para as pessoas. Seus rostos parecem gentis, belos e risonhos. Além disso, quando estou sem eles, não tenho a menor vontade de iniciar discussões ou de falar mal de ninguém. Apenas fico calada, distraída. Quando penso que os outros me consideram uma boa pessoa ao me verem assim, me sinto ainda mais calma e carente em receber algum carinho. Meu coração também se adoça.

Mas a questão é que detesto óculos. Quando estou com eles, sinto que não tenho um rosto. Eles obstruem as várias emoções expressas nele: o amor, a beleza, a agressividade, a fraqueza, a inocência, a melancolia. Além de impedirem que os olhos se comuniquem.

Óculos são assombrações.

Talvez por detestar usar óculos, acho o máximo quem tem olhos bonitos. Mesmo que não se tenha um nariz e que a boca não seja visível, se os olhos forem do tipo que nos faça sentir vontade de viver de uma forma mais nobre, para mim é suficiente. Meus olhos são grandes, e só. Quando os observo fixamente, fico desapontada. Até mesmo minha mãe acha que eles não têm graça. Olhos sem brilho. Pequenos discos de carvão, muito decepcionantes. Assim eles são. É terrível, sabe? Cada vez que olho para o espelho, sempre me ressinto por não ter olhos mais atraentes. Que fossem semelhantes a um lago azul, ou que pareçam observar o céu a partir de um prado verde refletindo nuvens passageiras e as silhuetas dos pássaros. Quero conhecer muitas pessoas com belos olhos.

A partir desta manhã, entramos em maio. Fiquei um pouco mais animada quando lembrei disso. Até feliz. Significa que o verão se aproxima. As flores dos morangueiros chamaram minha atenção quando fui ao jardim. A realidade — a morte de meu pai — parecia irreal. Morrer e deixar de existir são coisas difíceis de compreender. Não fazem sentido. Sinto saudade da minha irmã mais velha, das pessoas que não vejo mais ou que não encontro há muito tempo. A manhã me lembra do passado, das pessoas que conheci, fazendo com que tenha a desagradável sensação de que estão próximas, sensação da qual não consigo me livrar, como o cheiro ruim de uma conserva de nabos.

Japi e Dó (este, um cachorro que despertava muita comiseração, daí o nome) vieram correndo enredando-se um no outro. Com os dois à minha frente, afaguei Japi. Seu pelo branco era muito bonito, brilhante. Dó era sujo. Afagava Japi e sabia que Dó, ao seu lado, parecia querer chorar. Também sabia que Dó era aleijado. E deprimente, eu não gostava dele. Tinha tanta pena, tanta pena, que não me continha e o tratava mal de propósito. Sua aparência era a de um vira-lata, não sabia quando o homem da carrocinha iria apanhá-lo e sacrificá-lo. Com uma pata daquele jeito, ele não conseguiria fugir. "Fuja, vá para as montanhas, Dó! Ninguém vai cuidar de você, é melhor morrer logo!" Mas não era apenas Dó que eu tratava mal, eu também era ruim com as pessoas. Eu as provocava e as irritava. Era uma garota realmente má. Sentei-me na varanda e afaguei a cabeça de Japi. Enquanto observava a folhagem que invadia meus olhos, senti-me tão patética que tive vontade de desabar no chão.

Queria chorar. Se prendesse a respiração até que meus olhos ficassem irritados, talvez algumas lágrimas surgissem, então fiz uma tentativa, mas foi inútil. Talvez tivesse me transformado em uma garota sem lágrimas.

Desisti e comecei a limpar o quarto. Enquanto fazia a limpeza, cantava *"Tojin Okichi"*[2]. Dei uma olhada ao meu redor. Normalmente, era uma entusiasta de Mozart e Bach, então era curioso que começasse a cantar *"Tojin Okichi"* de modo involuntário. Falar "upa!" na hora de erguer o futon, cantar *"Tojin Okichi"*, eu não tinha salvação! Era impossível saber que estultices poderiam sair da minha boca se começasse a falar enquanto estivesse dormindo, uma coisa preocupante! Achei aquela ideia engraçada, parei de varrer e ri sozinha.

Vesti a camiseta que tinha acabado de costurar ontem. Eu havia bordado pequenas rosas brancas junto ao peito. Depois, ao pôr uma blusa por cima, elas já não eram mais visíveis. Passariam despercebidas por todos. Eu era muito engenhosa.

Minha mãe estava ocupada com os preparativos do noivado de alguém e saiu bem cedo. Ela era assim desde que eu me conhecia por gente, nunca mediu esforços para ser prestativa aos outros, eu já estava acostumada, mas ela

---

2. Provavelmente, uma canção baseada na trágica história de Kichi Sato (1841-1890), uma gueixa que se torna amante de um americano. Ela foi transformada em romance, filme, canção e peça de teatro.

era incansável e aquilo ainda me surpreendia. Eu a admirava. Meu pai só se dedicava aos estudos, então ela gastava sua energia pelos dois. Ele evitava contatos sociais. Ela, por sua vez, conseguia reunir pessoas e criar um ambiente harmonioso. Ambos possuíam as suas diferenças, mas se respeitavam mutuamente. Podia-se dizer que formavam um casal sem defeitos, adorável e tranquilo. Ah, quanta presunção! Quanta presunção!

Pus o missoshiro para esquentar e fiquei sentada na entrada da cozinha. Observava distraída os arbustos à minha frente. Foi quando tive uma sensação estranha, como se aquele momento fosse um déjà-vu e, ao mesmo tempo, algo que ainda iria ocorrer. Por um instante, me vi naquela mesma posição — sentada na entrada da cozinha —, pensando exatamente as mesmas coisas enquanto observava os arbustos à minha frente, mas em três tempos distintos: no passado, no presente e no futuro. Isso ocorria comigo de vez em quando. Quando eu conversava com alguém sentada no quarto, meus olhos se dirigiam para o canto da mesa, se concentravam nele e permaneciam imóveis. Apenas a minha boca se mexia. Nesse momento, desencadeava-se um estranho fenômeno. Começava a pensar em quando a mesma situação já havia ocorrido, quando tinha dito as mesmas coisas olhando para o mesmo canto da mesa; ou então sentia que aquela mesma cena se repetiria de forma idêntica no futuro. Até mesmo quando caminhava por uma trilha distante no meio do campo, ficava com a forte impressão de já ter passado por ela em outro momento. Arrancava uma folha de soja que crescia ao lado da trilha enquanto andava e pensava que, de fato, eu já tinha arrancado a mesma folha naquele ponto da mesma trilha. Ou então acreditava que caminharia por aquela trilha várias e várias vezes e arrancaria uma folha de soja no mesmo lugar no futuro. Também já passei pela seguinte experiência: estar imersa na banheira, olhar para minhas mãos e, nesse instante, ter a certeza de que, um dia, depois de vários anos, quando voltasse a estar numa banheira, me lembraria desse momento em que olhara casualmente para as minhas mãos e das sensações que tive ao fazer isso. Essa ideia me deixou um pouco melancólica. Em outra ocasião, numa tarde, enquanto despejava o arroz cozido no recipiente de madeira, senti algo percorrer meu corpo, que chamarei, com algum exagero, de "inspiração"; como descrever? Devo dizer que era uma "disposição filosófica" que me tocou na cabeça e no peito, e todos os recantos de meu corpo se tornaram transparentes. Experimentei uma espécie de serenidade em relação à vida, em silêncio, sem fazer barulho, com a mesma flexibilidade do *tokoroten*[3] ao ser cortado, viveria com graça e leveza, ao sabor das ondas da existência. Mas não havia nada de filosófico nisso. Não havia nada de bom em tal intuição, em passar pela vida como um gato sorrateiro, sem fazer barulho; ao contrário, era assustador. Se esse estado de espírito se prolongasse, uma pessoa não iria parecer estar possuída? Jesus! Se bem que a ideia de um Jesus Cristo feminino era perturbadora.

---

3. Prato feito com ágar ágar, espécie de espaguete de gelatina, consumido frio.

No final das contas, talvez eu seja muito desocupada, tenha uma vida fácil e, por não conseguir processar as emoções produzidas pelas centenas, milhares de coisas que vejo e ouço quando fico à toa, elas se transformem em monstros e comecem a emergir uma após a outra.

Tomei o café da manhã sozinha. Era a primeira vez que comia pepino este ano. O verde do pepino anunciava o verão. No frescor do pepino de maio, havia uma tristeza que esvaziava o peito, provocava dor e fazia cócegas. Enquanto fazia a refeição sozinha, senti um desejo urgente de viajar. Pegar o trem. Li o jornal. Havia uma foto do senhor Konoe.[4] Será que ele era um bom homem? Não gostava do seu tipo de rosto. Havia qualquer coisa de errado com a sua testa. Os anúncios de livros eram do que eu mais gostava nos jornais. Talvez pelo fato de cada palavra e linha custar cem ou duzentos ienes, dava para notar que tinham sido produzidos com grande esmero. Cada palavra ou frase devia produzir o máximo de efeito, por isso eram sempre ótimas composições criadas com muito esforço. Devem existir poucos textos que custem tão caro no mundo. Isso é bom. Eles são excitantes.

Depois da refeição, fechei a porta para ir à escola. O tempo estava firme, não iria chover, mas, como queria de qualquer jeito andar com o guarda-chuva que minha mãe me dera ontem, eu o trazia comigo. Era um guarda-chuva que ela usara havia muito tempo, quando moça. Sentia-me um tanto orgulhosa por ter ganhado um guarda-chuva

---

4. Fumimaro Konoe foi um político japonês e primeiro-ministro em três mandatos durante o período entreguerras.

tão peculiar. Gostaria de caminhar com ele por Paris. Com certeza, quando a guerra chegar ao fim, um guarda-chuva desse tipo, de aspecto retrô, deverá ser popular. Uma boina combinaria bem com ele. E também um vestido rosa de mangas compridas com decote aberto, longas luvas rendadas de seda preta e um chapéu grande de abas largas, com belas violetas. Quando a cidade se revestisse de verde primaveril, iria almoçar em um de seus restaurantes. Um pouco melancólica, apoiaria o rosto levemente sobre as mãos e observaria as pessoas na rua. Alguém tocaria meu ombro com gentileza. De repente, "A valsa agridoce"[5] tocaria. Ah, que estranho, que estranho! A realidade era esse velho e curioso guarda-chuva de cabo comprido. Fiquei com pena de mim mesma. A vendedora de fósforos. Decidi arrancar um pouco de ervas daninhas.

Elas cresciam na frente do portão, e arrancá-las seria prestar um serviço voluntário à minha mãe. Talvez alguma coisa boa ocorresse hoje. Embora todas fossem ervas daninhas, por que será que havia algumas que eu desejava arrancar e outras não? As mais bonitas e as nem tão bonitas tinham igualmente a mesma forma, não eram nem um pouco diferentes, no entanto, havia uma clara distinção entre as adoráveis e as detestáveis. Não havia lógica! As idiossincrasias de uma mulher são muito vagas! Depois de dez minutos de trabalho voluntário, corri até a estação. Tive vontade de pintar um quadro enquanto caminhava entre os campos de arroz. Passei pela ruela do bosque do

---

5. Uma das canções da opereta *Bitter Sweet*, escrita por Noel Coward e representada pela primeira vez em 1929.

templo. Um atalho que eu mesma havia descoberto. Ao olhar para o chão enquanto caminhava, vi pés de trigo com cerca de seis centímetros crescendo aos tufos, aqui e ali. Vendo os pés verdes de trigo, soube que os soldados vieram este ano. Foi a segunda vez que eles estiveram estacionados naquele lugar. Já tinham estado no ano anterior, e os pés de trigo também não haviam crescido mais de seis centímetros, como eu os via naquele momento. Este ano os grãos também caíram dos baldes nos quais seus cavalos se alimentavam, brotaram e cresceram altos e finos, mas o bosque era muito escuro, o sol quase não o penetrava, então, infelizmente, eles logo morreriam.

Depois de sair da ruela do bosque do templo, encontrei quatro ou cinco trabalhadores perto da estação. Como de praxe, eles me dirigiram palavras grosseiras que não ouso repetir. Fiquei sem saber o que fazer. Gostaria de passar na frente deles e deixá-los para trás, mas, para fazer isso, teria que andar entre eles, próxima deles. Horripilante! Por outro lado, ficar em pé, parada, permitindo que seguissem na frente e aguardar que tomassem distância exigiria ainda mais coragem. Eles ficariam ofendidos e zangados. Comecei a perder a paciência e tive vontade de chorar. Envergonhei-me, me voltei, deixei escapar um riso nervoso em sua direção e caminhei devagar atrás deles. Isso foi tudo, mas minha mortificação não se desvaneceu ao entrar no trem. Queria me tornar mais forte e determinada para ser capaz de superar essas situações estúpidas com indiferença.

Havia um assento vazio dentro do trem bem perto da porta, ajeitei minhas coisas sobre ele, arrumei as pregas da minha saia e, quando ia me sentar, um homem de óculos afastou minhas coisas e se acomodou ali.

— Ei, esse lugar é meu! — eu disse, mas ele apenas sorriu e passou a ler tranquilamente o seu jornal. Pensando bem, não era possível dizer quem era mais cara de pau. Talvez fosse eu.

Sem alternativa, pus o guarda-chuva e o meu material sobre o bagageiro e fiquei segurando a alça de apoio, procurando, como sempre, ler uma revista e virando as páginas com uma das mãos. Então fui tomada por um pensamento surpreendente.

Se tirassem os livros de mim, era provável que eu, tão inexperiente, não parasse mais de chorar. Sim, dependo da palavra escrita a esse ponto! Quando leio um livro, sou instantaneamente arrebatada por ele, entrego-me a ele, absorvo-o, identifico-me com ele, vinculo minha existência a ele. E, quando parto para outra leitura, logo dou uma guinada em outra direção. A habilidade de roubar as coisas dos outros e torná-las minhas, essa arte é meu único talento. Tal charlatanismo me repugnava. Se cometesse um erro atrás do outro, se sofresse muitas humilhações todos os dias, todos os dias, talvez me tornasse uma pessoa melhor. No entanto, procuro distorcer a lógica dos erros, retifico-os com habilidade, invento teorias convenientes, sem me importar em montar todo um teatro para isso. (Também li essa expressão em algum livro.)

Sendo honesta, não sei quem sou de verdade. O que farei se não houver mais livros para ler e não encontrar mais modelos que possa imitar? Estarei perdida, definharei e talvez passe o tempo todo assoando o nariz. De qualquer forma, não posso permitir que meus pensamentos fiquem à deriva dentro do trem todos os dias. Ainda há um resto de calor desagradável em meu corpo, insuportável. Preciso agir, mas o que devo fazer para conhecer a mim mesma? Não vejo sentido na minha autocrítica. Eu me critico, mas, quando descubro algum defeito, qualquer coisa que me desagrade, sou indulgente, condescendente, acabo achando melhor deixar tudo como está e, no final, minha autocrítica torna-se inútil. Parar de pensar nessas coisas talvez seja a melhor saída.

Havia um tópico na revista que eu lia intitulado "Os defeitos das jovens". Era escrito por várias pessoas. Enquanto o lia, tinha a impressão de que falava sobre mim e fiquei envergonhada. Quando os textos são escritos por uma pessoa que considero estúpida, passam a impressão de informar coisas estúpidas; pessoas que me parecem interessantes ao vê-las em fotos empregam as palavras de forma interessante. Era um texto divertido, até ria de vez em quando ao longo da leitura. Os religiosos logo mencionavam a fé; os educadores repetiam a palavra "obrigação" do começo ao fim. Os políticos citavam poemas chineses. Os escritores, vaidosos, empregavam expressões afetadas. Que petulantes!

Entretanto, todos escreviam coisas razoavelmente corretas. Por exemplo, o fato de as jovens não terem individualidade. Nem profundidade. Ou aspirações sinceras e ambições honestas. Em suma, o fato de não possuírem ideais. Mesmo recebendo críticas, elas seriam incapazes de empregá-las de forma construtiva na vida delas. Por não refletirem. Pela ausência de consciência sobre si mesmas, de amor-próprio e de prudência. Quando fazem alguma coisa que exige coragem, não se responsabilizam por suas consequências. Adaptam seu estilo de vida ao seu meio, o que requer habilidade, mas não há uma ligação forte e sincera entre elas e aquilo que as rodeia. Não conhecem o significado da modéstia. Falta-lhes originalidade. São simulacros. Carecem do sentimento de "amor" próprio da natureza humana. São superficiais, embora se suponham distintas. Havia muitas outras coisas escritas além dessas. Tive vários sobressaltos enquanto lia. Era impossível negar tudo aquilo.

No entanto, todos os textos eram positivos, não pareciam ter muita relação com a existência cotidiana de quem os escrevera, não pareciam muito sérios. Expressões como "o verdadeiro significado de" ou "a natureza de" eram empregadas em profusão, mas ninguém explicava com clareza o que seria "o verdadeiro" amor ou "a verdadeira" consciência de si. Talvez aquelas pessoas soubessem. Mas, nesse caso, elas deveriam ser mais objetivas e dizer "vá para a direita!" ou "vá para a esquerda!", eu ficaria muito grata se elas apontassem uma direção com autoridade. Como nós não sabemos mais expressar o amor, seria melhor que nos dissessem "façam isso!" ou "façam aquilo" do que ouvir "não se deve fazer isso" ou "não se deve fazer aquilo" — nós obedeceríamos. Será que ninguém tinha coragem de proceder assim? Será que as pessoas que escreviam suas opiniões na revista não diriam as mesmas coisas independentemente de qual fosse o assunto? Elas nos repreendiam por não termos aspirações sinceras e ambições honestas, mas se passássemos a perseguir um ideal sincero, até que ponto elas zelariam por nós e nos orientariam?

Temos uma vaga ideia de qual seja o melhor lugar para ir, o lugar que julgamos ser belo, o lugar a ser alcançado por meio de nosso amadurecimento. Queremos viver de forma digna. Por isso, temos aspirações sinceras, ambições honestas. Ansiamos por convicções firmes nas quais possamos nos apoiar. No entanto, se tentarmos dar corpo a tudo isso em nossa vida, não seria necessário um grande esforço? Temos os mesmos preconceitos de nossos pais, mães, irmãs e irmãos mais velhos. (Podemos dizer que eles são antiquados, mas é só da boca para fora, na verdade não sentimos desprezo pelas pessoas mais experientes, mais velhas ou casadas. Ao contrário, nós as temos em alta estima.) Há os parentes envolvidos em nossa vida do começo ao fim. Há os conhecidos. Os amigos. E há também aquilo que nos arrasta com força e chamamos de "sociedade". Se levarmos tudo isso em consideração, não há espaço para falar em desenvolvimento da individualidade. Ah! Chegamos a pensar se não seria mais inteligente seguir o caminho que todos normalmente seguem em silêncio, sem chamar atenção. Dispensar a todos o conhecimento que deveria ser de poucos é cruel. À medida que crescemos, descobrimos que a moral ensinada na escola destoa das regras da sociedade. Quem age de acordo com o que aprendeu na sala de aula será feito de tolo. Será chamado de excêntrico. Não terá sucesso, será sempre pobre. Existe alguém que não minta? Se existir, será eternamente um perdedor. Entre meus familiares, há uma pessoa que se comporta com correção, possui convicções firmes e persegue seus ideais, mas todos falam mal dela. Tratam-na como um idiota. Por saber que serei desencorajada e tratada da mesma forma, sou incapaz de me opor à minha mãe e aos outros para expor minhas opiniões. Que horror! Quando eu era criança e meus sentimentos entravam em choque com os das outras pessoas, eu questionava a minha mãe sobre isso. Sua resposta era lacônica, irritada: "Porque é ruim, você se torna a ovelha negra", dizia, com ar triste. Também levava a questão a meu pai. Ele apenas ria, sem dizer nada. Mais tarde, ouvia-o comentar com a minha mãe: "Ela é uma criança diferente." À medida que fui crescendo, comecei a ficar apavorada. Precisava levar em consideração o que os outros iriam pensar até mesmo quando costurava uma peça de roupa. Sem revelar a ninguém, a verdade é que aprecio minha individualidade e desejo preservá-la, mas expô-la é uma ideia que me assusta. Quero ser uma garota que todos aprovem. Quão abjeta serei quando estiver em meio a uma multidão! Ficarei tagarelando e contando mentiras sobre coisas que não me interessam e não têm nenhuma relação com os meus sentimentos. Porque fazer isso é o melhor para mim. Tão desprezível! Desejo que o momento de uma transformação da moralidade chegue logo. Assim, essa mesquinharia de ter que viver não para si mesmo, mas pensando na opinião dos outros, deixará de existir.

Vejam só! Um assento foi desocupado. Peguei às pressas o guarda-chuva e meu material do bagageiro e me sentei. Havia um estudante à minha direita e uma mulher com uma criança em suas costas, à minha esquerda. Apesar de a mulher não ser jovem, usava muita maquiagem e trazia os cabelos ondulados de acordo com a última moda. Seu rosto era bonito, mas havia rugas escuras no pescoço, que passavam uma impressão repugnante, a ponto de ter vontade de dar-lhe uns tapas, tamanho o asco. As coisas nas quais as pessoas pensam quando estão sentadas são completamente diferentes de quando estão em pé. Quando estou sentada, meus pensamentos são vagos e morosos. Quatro ou cinco executivos de idade e aparência similares se acomodavam nas poltronas à minha frente, com ar distante. Deviam ter cerca de trinta anos. Eles não me agradavam. Seus olhos eram turvos e sem brilho. Não tinham alma. No entanto, se sorrisse para um deles, esse pequeno gesto já poderia me obrigar a casar com essa pessoa. Bastava um sorriso para decidir a vida de uma mulher! Que cômico. Quase espantoso. Era preciso ter cuidado. Meus pensamentos eram mesmo singulares nessa manhã. Visualizara só de relance o rosto do jardineiro que tinha vindo havia dois ou três dias cuidar de nosso jardim, e não conseguia esquecê-lo. Era um jardineiro em todos os sentidos, mas seu aspecto é um assunto à parte. Posso parecer um pouco exagerada, mas o seu rosto parecia o de um pensador. Sua pele era escura, o que o tornava esbelto. Tinha olhos bonitos. As sobrancelhas eram próximas. Seu nariz, pequeno e achatado, mas também combinava com sua cor escura, fazendo com que tivesse um ar assertivo. O formato dos lábios também não era ruim. As orelhas estavam um pouco sujas. Tinha mãos próprias de jardineiro, mas o seu rosto sombreado pelo chapéu de feltro preto firmemente sobre a cabeça não condizia com seu ofício. Perguntei três ou quatro vezes para a minha mãe se ele sempre tinha sido jardineiro e ela terminou por se irritar. Minha mãe havia me dado o lenço que envolvia o meu material no mesmo dia em que ele aparecera em casa pela primeira vez. Na ocasião, fazíamos uma grande arrumação na casa, com pessoas cuidando de reparos na cozinha e consertando os tatames. Minha mãe encontrou esse lenço quando limpava as gavetas e me deu de presente. Era um lenço bonito e feminino. Tão bonito que tive pena de amarrar qualquer coisa com ele. Estendi-o sobre o colo e observei-o várias vezes. Acariciei-o. Queria que os outros passageiros do trem o notassem, mas em vão. Se alguém olhasse para esse belo lenço apenas de relance, eu me casaria com essa pessoa. Quando esbarro na palavra "instinto", tenho vontade de chorar. Há várias situações cotidianas que me fazem compreender a enormidade dos instintos, que possuem uma força diante da qual minha vontade é impotente. É enlouquecedor. O que fazer? Não tenho como me abster de seus ditames, é como se alguma coisa enorme me cobrisse da cabeça aos pés e me arrastasse ao seu bel-prazer. Há uma certa satisfação em ser arrastada dessa forma e, ao mesmo tempo, alguma tristeza também. Por que não podemos ser autossuficientes e nos amarmos durante toda a vida? Observar os instintos devorarem minhas emoções e a razão é deplorável. Fico desapontada quando perco o controle, mesmo que por um breve momento. Ter consciência de possuir instintos me faz querer chorar. Faz com que eu deseje chamar por minha mãe e por meu pai. Porém a verdade talvez se encontre em um lugar inesperado e que considero repugnante, o que é ainda mais terrível.

Ochanomizu. Ao sair do trem e ficar em pé na estação, minha mente se esvaziou. Tentei recuperar aquele meu último fluxo de pensamentos, mas não consegui.

Queria muito ter me estendido naquelas ideias, mas já não me lembrava mais de nada. Zero. Em dados momentos, temos a impressão de que algo é capaz de nos emocionar profundamente ou nos mortificar, mas, quando passa, é como se nada tivesse ocorrido. Era como eu me sentia. O instante que chamamos "presente" é curioso. Presente, presente, presente! Enquanto o pressionamos sob os dedos, esse presente já voou para bem longe e um novo presente já ocupa o seu lugar. "O quê?", pensei, enquanto subia as escadas da ponte. Quanta tolice! Talvez eu seja feliz em demasia.

A professora Kosugi estava bonita naquela manhã. Tão bonita quanto meu lenço. Ela ficava bem de azul. O cravo rubro em seu peito também era vistoso. Se ela não se produzisse tanto, eu gostaria muito mais dela. Ela era muito afetada, tinha um quê de artificial. Tanta artificialidade devia cansar. Havia algumas incongruências em sua personalidade. Elementos de difícil compreensão. Tinha uma propensão à melancolia, ainda que procurasse se mostrar alegre. Apesar disso, era uma mulher atraente. A se lamentar que fosse professora. Ela já fora mais popular entre os alunos, mas eu continuava gostando dela do mesmo jeito. Parecia uma donzela que vivia em um velho castelo às margens de um lago entre as montanhas. Acabei elogiando-a demais. Por que será que as aulas da professora Kosugi eram sempre tão maçantes? Será que ela era burra? Fiquei triste. Ela discorria longamente sobre o patriotismo, mas já estávamos cansados daquilo. Qualquer um sente afeição pelo lugar onde nasceu. Que coisa chata. Acomodada na carteira, apoiei a cabeça sobre as mãos e olhei para o lado de fora através da janela. As nuvens estavam belas, talvez devido ao vento forte. Quatro rosas floresciam no canto do jardim. Uma amarela, duas brancas e uma de tonalidade rósea. Há algo de bom nos seres humanos, pensei, enquanto as observava, distraída. Foram eles que descobriram a beleza das flores, também eram eles que as apreciavam.

Histórias de fantasmas vieram à baila na hora do almoço. Gritamos quando Asube contou o caso da porta que não se abria, um dos "Sete Mistérios" de Ichiko, este o primeiro colégio de Tóquio. Era interessante, não se tratava de uma história de aparições, mas de um tema psicológico. Devido ao excesso de excitação, senti fome mesmo tendo acabado de almoçar. Ganhei alguns caramelos da vendedora de bolinhos. Permaneci ouvindo histórias de terror com as demais por algum tempo. Esse tipo de história parecia despertar o interesse de qualquer um. Produziam um efeito estimulante. Em seguida, passamos dos fantasmas para Furanosuke Kuhara.[6] Que engraçado! Risível demais!

Na aula de desenho da tarde, todas nós nos dirigimos ao pátio para fazer esboços. Por alguma razão, o professor Ito sempre me deixava em situações delicadas. Hoje, pediu que eu fosse sua modelo durante a aula. O guarda-chuva antigo que eu trouxera de manhã fez sucesso entre minhas colegas, ele ficou sabendo disso e pediu que eu o segurasse de pé ao lado das rosas, no canto do pátio. Parece que iria me pintar e apresentar o quadro em

---
6. Homem de negócios e político japonês (1869-1965).

uma exposição. Concordei em posar por trinta minutos. Ficava satisfeita em ser de alguma utilidade para as outras pessoas. No entanto, ficar cara a cara com ele era muito cansativo. Ele fazia muitas perguntas que me levavam a ter de pensar demais. Enquanto desenhava, talvez por eu estar bem à sua frente, ele só falava sobre mim. Eu não tinha a menor vontade de responder, achava aquilo irritante. Ele era confuso. Ria de um modo estranho e, apesar de ser professor, era tímido, não passava uma boa impressão e me dava vontade de vomitar. Achei insuportável quando comentou: "Você se parece com minha irmã mais nova que morreu." Era uma boa pessoa, mas dada a afetações.

Eu também não ficava longe nesse quesito, era muito afetada. Para piorar, empregava a afetação com inteligência e arte. Era tanta artificialidade que chegava a ser difícil lidar com ela. "Você age de forma pedante, é um monstro mentiroso conduzido pela afetação", eu dizia a mim mesma, que por sua vez também era outra atitude fingida, de modo que de nada adiantava. Enquanto posava para meu professor com aparente docilidade, rezava sem cessar para que me tornasse alguém espontânea e legitimamente doce. Eu devia largar os livros. Viver de ideais, com um ar arrogante de grande erudita, era desprezível, muito desprezível! Eu não tinha nenhum objetivo de vida, devia ser mais assertiva em relação a ela, à existência; mesmo me considerando uma pessoa com contradições, pensava bobagens e me afligia, e isso tudo não passava de sentimentalismo. Era apenas indulgente comigo mesma e procurava me consolar. Por isso me superestimava. Ah, alguém tão vil como eu posando de modelo! O quadro de meu professor por certo seria um fracasso! Não havia a menor chance de que ficasse bom. Não era correto, mas não conseguia deixar de achar o professor Ito um tolo. Ele nem sequer sabia que havia rosas bordadas na camiseta sob a minha blusa.

Enquanto estava em pé, na mesma postura, sem dizer nada, desejei enormemente ter dinheiro. Dez ienes já seriam suficientes. Queria muito ler *Madame Curie*. Logo depois, desejei que minha mãe tivesse uma longa vida. Era árduo servir de modelo para meu professor. Estava exausta.

Após a aula, dirigi-me furtivamente ao salão Hollywood com Kinko, a garota do templo, e pedi que arrumassem meu cabelo. Mas, quando me olhei no espelho, ele não estava nada parecido com o que eu havia pedido e me decepcionei. Observei-me de todos os ângulos, mas não estava nem um pouco bonita. Senti-me horrível. Aquilo me chateou. Ir escondida a um salão como aquele para mudar o cabelo fazia com que eu me sentisse como uma galinha esquálida, e me deixou imensamente arrependida. Era preciso ter pouquíssima autoestima para entrar num lugar desses. Mas Kinko estava animada.

— Que tal ir a um *miai*[7] assim? — perguntou, de súbito. Logo pareceu mesmo acreditar que iria a um *miai*. — Se eu quiser pôr uma flor no cabelo, de que cor você acha

---

7. Encontro de um casal promovido por um intermediário ou pelas respectivas famílias com vistas a um possível casamento.

que ela deveria ser? — Ou então: — Qual o melhor *obi*[8] para usar com quimono? — perguntava, séria.

Ela era uma adorável cabeça oca.

— Com quem será o seu *miai*? — perguntei, rindo.

— A cada um, cada qual! — respondeu, tranquila.

Surpresa, perguntei o que aquilo queria dizer e ela explicou que a garota de um templo deveria se casar com alguém de um templo. Era a melhor coisa, ela não precisaria se preocupar com comida, explicou, me surpreendendo mais uma vez. Kinko parecia uma criatura sem personalidade e, por isso, sua feminilidade se revelava especialmente exuberante. Nós nos sentávamos uma ao lado da outra na escola e eu não achava que fôssemos muito íntimas, mas ela dizia aos outros que eu era a sua melhor amiga. Uma doce garota. Enviava-me cartas dia sim, dia não. Era prestativa e eu era-lhe grata por isso, mas hoje ela estava exageradamente excitada e, como era de esperar, aquilo me desagradou. Despedi-me de Kinko e peguei o ônibus. Eu estava um pouco melancólica. Vi uma mulher repulsiva dentro do ônibus. Vestia um quimono com a gola imunda e seus desgrenhados cabelos avermelhados estavam presos por um pente. Os pés e as mãos estavam sujos. Qualquer um teria dificuldade em afirmar se o rosto avermelhado e de aspecto mal-humorado era de homem ou mulher. Ainda por cima, ah, fiquei nauseada! Ela tinha uma barriga enorme. De vez em quando, ria sozinha. Uma galinha. Mas e eu que havia me deslocado até o salão Hollywood para arrumar o

---

8. Faixa de tecido amarrada na cintura dos quimonos.

cabelo escondida? Eu não era nem um pouco diferente daquela figura.

Lembrei-me da mulher com a maquiagem exagerada que se sentara ao meu lado no trem pela manhã. Ah, que nojenta! Repugnante! O gênero feminino é detestável. Precisamente por ser mulher, sou capaz de compreender a impureza que existe em seu âmago, tão abominável. Era como se eu tivesse manipulado peixe e aquele odor insuportável ficasse impregnado em meu corpo inteiro e, por mais que eu me lavasse, ele não saía. Quando pensava ou me lembrava de que teria que viver dessa forma, exalando esse odor de fêmea dia após dia, preferiria morrer como sou hoje, como uma menina. Queria ficar doente. Se tivesse uma doença bem grave, suasse em bicas e emaciasse, talvez conseguisse me purificar. Ou não havia escapatória enquanto estivesse viva? Começava a compreender por que as pessoas recorriam às religiões.

Saltei do ônibus e me senti um pouco aliviada. Eu não gostava de meios de transporte públicos. O ar morno do ônibus era insuportável. E voltar à terra firme me aliviava. Sentia-me mais satisfeita pisando o chão. Eu era mesmo um pouco imprudente. Inútil e despreocupada. "Vamos embora, vamos embora! O que você vê agora? Os campos de cebola. Vamos embora, já está na hora!", cantei em voz baixa. Que garota folgada! Fiquei com raiva de mim mesma, odiava o fato de só crescer em altura. Queria me tornar uma boa garota.

Passava por aquela estrada no campo diariamente, sem falta, e, de tanto vê-la, me esquecia de como era uma área tranquila. Apenas as árvores, a estrada, as plantações, nada mais. Só hoje, eu simularia ser uma pessoa de fora que chegava ali pela primeira vez. Seria a filha de um fabricante de tamancos que punha os pés para fora do perímetro urbano pela primeira vez na vida. Que tal me pareceria o campo? Aquela era uma grande ideia! Ou talvez um tanto patética. Fiz uma expressão séria e lancei um olhar inquisidor ao redor de propósito. Ao descer pela pequena rua ladeada pelas árvores, voltei o rosto para cima, observei o verdor das folhas nos galhos e deixei escapar um leve grito de admiração. Fiquei observando o riacho por algum tempo ao atravessar a ponte e fiz com que meu rosto fosse refletido na superfície da água. "Au, au, au!", lati, imitando um cão. Apertei os olhos para olhar as plantações ao longe, dei um suspiro e, admirada, murmurei: "Que beleza!" Ao chegar ao templo, fiz uma pequena pausa. O bosque do templo era escuro, pus-me ligeira em pé e o atravessei sem conseguir reprimir um "Ai, que medo!", com os ombros encolhidos. Fiz de conta que a luminosidade havia me ofuscado ao sair do bosque, caminhando pela estrada como se estivesse absorvida pela novidade que tudo aquilo representava aos meus olhos. Enquanto fazia aquilo, comecei a me sentir muito triste. Sentei-me inerte sobre a relva ao lado da estrada. Naquele instante, a excitação de há pouco desapareceu produzindo um som semelhante ao de um golpe surdo, o que me deixou séria. Comecei a refletir sobre o meu comportamento nos últimos dias. Por que agia de forma tão deplorável? Por que me sentia tão ansiosa? Estava sempre com medo de alguma coisa. "Você está ficando cada vez mais grosseira ultimamente", alguém comentara outro dia.

Talvez fosse verdade. Havia alguma coisa errada comigo. Não servia para nada. Fútil. Inútil, inútil! Fraca, fraca! Tive vontade de berrar. Ora, como se um berro pudesse dissimular minha covardia, que tolice! Faça alguma coisa! Talvez eu esteja apaixonada. Deitei-me de costas sobre a relva verde.

— Papai! — chamei. — Papai, papai. — O céu do final de tarde era bonito. A cerração era rósea. Nela, os raios de sol se dissolviam, a manchavam e, assim, lhe davam aquele suave tom rosado. A cerração escorria oscilante, mergulhava entre as árvores, caminhava sobre a estrada, acariciava os campos e envolvia meu corpo com suavidade. O brilho rosado imprimia um leve rubor a cada um dos fios do meu cabelo e depois os afagava gentilmente. Mas o céu era ainda mais bonito. Pela primeira vez na minha vida, tive vontade de abaixar minha cabeça em reconhecimento. Naquele instante, acreditei em Deus. Como classificar a tonalidade daquele céu? Rosa? Candente? Iridescente? Da cor de asas de anjo? Ou de um templo? Não, nenhuma dessas classificações servia! Era muito, muito mais sublime.

Desejo amar todo mundo, pensei, quase aos prantos. O céu se transformava pouco a pouco enquanto eu o observava. Gradualmente, assumia tons esverdeados. Dei um suspiro e tive vontade de ficar nua. Nunca tinha visto as árvores, as folhas e as plantas tão transparentes e belas. Toquei a relva de leve.

Queria viver de uma forma bela.

Havia visitas quando cheguei em casa. Minha mãe já estava de volta. O ambiente era animado, risadas podiam ser ouvidas. Quando éramos apenas nós duas, não importava quão feliz estivesse, ela sempre reprimia o riso. No entanto, quando conversava com as visitas, seu rosto permanecia sério, embora gargalhasse sonoramente. Cumprimentei todos e dei a volta para ir aos fundos. Lavei as mãos junto ao poço, retirei as meias e lavava os pés quando o peixeiro apareceu. "Trouxe o seu pedido, obrigado mais uma vez!", disse e se despediu, deixando um peixe enorme ao lado do poço. Não sabia de qual tipo era, mas, devido a suas escamas pequenas, tive a impressão de que provinha do Mar do Norte. Depositei-o sobre um prato e, enquanto lavava as mãos novamente, senti o cheiro do verão em Hokkaido. Lembrei-me da visita à casa de minha irmã em Hokkaido durante as férias de verão do ano retrasado. Como ela morava perto da praia em Tomakomai, o cheiro de peixe era constante. A imagem vívida de minha irmã preparando sozinha o peixe, com suas habilidosas mãos alvas e femininas naquela cozinha grande e vazia no final da tarde veio à minha mente. Naquela época, eu tinha bastante apego pela minha irmã, queria receber seus afagos, mas ela deixou de ser exclusivamente minha com o nascimento de Toshi. Ali com ela, era como se um vento frio penetrasse por alguma fresta, e sem poder me agarrar aos seus ombros estreitos, permaneci em pé, imóvel e com ar ausente, trespassada de tristeza, no canto daquela cozinha semiobscurecida, com os olhos fixos nos movimentos de seus dedos brancos. Eu andava nostálgica. As relações de sangue eram misteriosas. Quando uma pessoa que não fazia parte da família se afastava e partia para longe, aos poucos sua lembrança se tornava tênue e caía no esquecimento, no entanto, no caso de parentes, recordava-me saudosa dos belos momentos com grande intensidade.

Os frutos do pé de *gumi*[9] ao lado do poço estavam levemente corados. Talvez pudessem ser consumidos dentro de duas semanas. No ano anterior houve um episódio engraçado. Eu colhia e comia os frutos em um final de tarde enquanto Japi me observava quieto; fiquei com pena e lhe dei um. Ele o comeu. Dei-lhe mais dois. Devorou-os também. Achei tanta graça que dei uma sacudida na árvore, os frutos caíram e Japi saiu comendo feito doido. Que bobo! Era a primeira vez que via um cão comer *gumi*. Eu me debruçava na árvore para recolher mais frutos e também os comia enquanto Japi fazia o mesmo no chão. Foi tão engraçado! Senti falta de Japi quando me lembrei disso.

— Japi! — gritei.

Ele veio correndo da entrada. Fui tomada por uma ternura sem fim por ele, agarrei seu rabo e ele deu uma leve mordida em minha mão. Quis chorar e dei um tapa em sua cabeça. Japi bebeu água junto ao poço fazendo barulho como se nada tivesse acontecido.

Quando entrei no quarto, a luz estava acesa. Silêncio. Meu pai não estava ali. Quando ele se ausentava, tinha a sensação de que havia um vazio em algum lugar da casa e ficava angustiada. Vesti roupas orientais, beijei as rosas bordadas na camiseta que tinha acabado de tirar e, quando me sentei na frente da penteadeira, minha mãe e

---

9. *Elaeagnus multiflora*. Planta nativa das regiões temperadas ou subtropicais da Ásia, que produz pequenos frutos avermelhados de sabor adstringente.

as visitas gargalharam na sala — por alguma razão, aquilo me irritou. Nas ocasiões em que estávamos sozinhas, era tudo normal, mas, quando alguma visita aparecia, minha mãe ficava distante e me tratava com indiferença; era nesses momentos que eu mais sentia falta de meu pai e ficava triste.

Ao olhar para o espelho, vejam só!, meu rosto estava surpreendentemente animado. Era o rosto de uma estranha. Tinha uma vida à parte, sem relação com minha tristeza e dor, com meu estado de espírito. Não usava ruge, mas minhas bochechas estavam coradas e, além disso, meus lábios finos brilhavam, vermelhos, atraentes. Retirei os óculos e dei um leve sorriso. Meus olhos estavam muito bonitos. Tinham uma transparência azulada. Será que foram contaminados de beleza por eu ter permanecido tanto tempo observando aquele lindo céu de final da tarde? Só podia ser!

Fui para a cozinha me sentindo um pouco mais alegre e, enquanto lavava o arroz, voltei a ficar triste. Sentia falta de nossa antiga casa em Koganei. O peito ardia de tanta saudade. Era uma boa casa, meu pai e minha irmã ainda viviam lá. Minha mãe era jovem. Depois de voltar da escola, eu ficava conversando alegremente com ela e minha irmã na cozinha ou na sala. Beliscava alguma coisa, deixava que me mimassem por algum tempo, brigava com minha irmã, era repreendida, corria para o lado de fora e ia para bem longe com minha bicicleta. Retornava no final da tarde e jantava com prazer. Bons tempos, aqueles. Eu não ficava me criticando, não me sentia suja, queria continuar a ser mimada. De fato, usufruía de um grande privilégio. E nem me dava conta. Não havia preocupações, solidão ou sofrimento. Meu pai era um excelente pai. Minha irmã, gentil, vivíamos agarradas. Mas, aos poucos, à medida que crescia, fui me tornando detestável e, sem perceber, meus privilégios um dia se extinguiram, perdi tudo. Horrível, horrível! Não podia mais ser mimada pelos outros, vivia imersa em meus pensamentos, meus pesares só aumentavam. Minha irmã se casou e tomou seu rumo, meu pai já não estava mais conosco. Éramos apenas minha mãe e eu. Minha mãe também devia sofrer muito. "Não espero mais nada de bom do futuro. Não sinto muita alegria nem mesmo por você estar aqui. Perdoe-me. É melhor não ser feliz sem que seu pai esteja presente", comentou esses dias. Ela disse que pensava nele quando algum pernilongo aparecia, ao desfazer a costura das roupas velhas, ao cortar as unhas; ela certamente pensava nele quando o chá estava gostoso. Por mais que eu procurasse consolá-la, que lhe fizesse companhia, eu não era meu pai. O amor conjugal é a coisa mais forte do mundo, ainda mais valioso do que o amor àqueles de mesmo sangue. Ao pensar isso, senti meu rosto ruborizar e afastei os cabelos com as mãos molhadas. Enquanto lavava o arroz, senti carinho e ternura por minha mãe, desejava cuidar dela do fundo do meu coração. Desmancharia aqueles meus cabelos ondulados e deixaria que ficassem compridos. Como minha mãe nunca gostou dos meus cabelos curtos, se eu os deixasse crescer até a altura em que pudesse prendê-los, acho que ela ficaria contente. Mas eu ficava incomodada com a ideia de fazer aquilo para lhe agradar. Não gostava. Pensando bem, a recente irritação que eu vinha sentindo estava ligada à minha mãe. Gostaria de ser uma filha que correspondesse às suas expectativas, mas também não queria ter que bajulá-la para isso. Queria que ela me compreendesse e ficasse tranquila. Por mais egoísta que eu fosse, não faria nada que pudesse me tornar alvo da maledicência alheia. Por mais árduo e solitário que fosse ter de me dedicar às coisas importantes, eu estava disposta. Cuidaria da casa e de minha mãe, eu a amava e, por isso, ela confiaria em mim e poderia ficar despreocupada. Minha conduta seria impecável. Eu me esforçaria arduamente. Essa seria a minha maior felicidade, o caminho a seguir, só que minha mãe não confiava nem um pouco em mim e ainda me tratava como criança. Ela ficava alegre quando eu dizia algo meio infantil — aconteceu outro dia mesmo, quando peguei o ukulele de propósito e dedilhei algumas notas de brincadeira. Aquilo pareceu alegrá-la. "Ora, está chovendo? Ouço gotas de chuva!", disse ela, gracejando e fazendo de conta que não sabia de nada. Ela parecia acreditar que eu estava de fato absorvida em tocar o ukulele, mas esse tipo de coisa fazia com que me sentisse mal, tinha vontade de chorar. Mamãe, eu já sou adulta! Sei como o mundo funciona. Fique tranquila e me pergunte o que quiser. Confie as finanças de casa a mim, se me explicar a situação, não ficarei insistindo para que me compre um par de sapatos. Serei uma garota frugal e digna de confiança. Prometo! E, apesar disso... Lembrei-me de que existia uma canção chamada "Apesar disso" e comecei a rir sozinha. Quando dei por mim, estava com as duas mãos dentro da panela enquanto meus pensamentos divagavam.

Oh, não! Precisava servir logo o jantar! O que fazer com aquele peixe enorme? Era melhor limpá-lo, cortá-lo em três filés e mariná-los em missô. Com certeza, ficariam apetitosos. É preciso usar a intuição para cozinhar. Ainda havia um pouco de pepino, eu o serviria com um molho à base de shoyu, saquê e vinagre. Além disso, prepararia minha especialidade: omelete. Ainda faltava um prato. Ah, sim! O "prato rococó". Uma invenção minha! Distribuía presunto, ovos, salsicha, repolho, espinafre, todas as sobras da cozinha, absolutamente tudo, em belas combinações multicoloridas e arranjava os ingredientes com criatividade. Econômico e não dava trabalho. Não era nem um pouco saboroso, mas a mesa ficava bastante alegre e suntuosa, passando a impressão de um verdadeiro banquete. À sombra dos ovos, o verde da salsinha; ao seu lado, o recife de corais vermelhos do presunto timidamente mostrava a sua face; as folhas douradas do repolho se estendiam sobre o prato como pétalas de peônias, ou como as penas das asas de um pássaro; o verde do espinafre era um pasto ou um pequeno lago. Ao serem recepcionados numa mesa com dois ou três pratos como esses, os convidados se lembrariam de imediato da corte de Luís XIV. Claro que isso era um exagero; sem poder oferecer-lhes um delicioso banquete, podia ao menos enganá-los com uma bela apresentação. Quando o assunto era comida, a aparência vinha em primeiro lugar. Ela produzia uma bela ilusão. No entanto, meu prato rococó exigia uma grande aptidão artística. Sem uma sensibilidade extraordinária para a harmonização das cores, ele seria um fracasso. Era preciso possuir ao menos a minha finesse. Procurei a palavra "rococó" no dicionário esses dias, e ela era definida como "estilo decorativo luxuriante, mas vazio". Ri ao ler aquilo. Que definição excelente! Existe beleza com conteúdo? A pura beleza não possui significado nem virtude. Isso mesmo! Por essa razão, gostava do rococó.

Cozinhava e, enquanto verificava o sabor da comida, fui tomada por um sentimento de vazio. Um cansaço mortal que me deixou deprimida. Não tinha mais vontade de fazer nada. Já não ligava para o que fazia. "E daí?", gritei em desespero e, ignorando sabor e aparência, fiz combinações atabalhoadas, corri de um lado para o outro e, por fim, de mau humor, servi a comida às visitas.

Elas eram particularmente deprimentes: o casal Imaida de Omori e o filho Yoshio, de sete anos. O senhor Imaida já estava perto dos quarenta, mas tinha a pele clara de um efebo, e eu o achava repulsivo. Por que ele fumava cigarros da marca Shikishima? Cigarros com filtro davam a impressão de serem sujos. Cigarros, só sem filtro. Até o caráter das pessoas que fumam Shikishima é questionável. Ele olhava para o teto enquanto exalava a fumaça e repetia: "Ah, sim, é verdade!" Ouvi dizer que ele lecionava no período noturno. Sua esposa era miúda, hesitante e vulgar. Mesmo quando ouvia algo sem graça, ela encostava a cabeça no tatame, contorcia o corpo e ria até quase sufocar. Não havia nada mais bizarro. Parecia acreditar que, dobrando-se de tanto rir, se mostraria elegante. Pessoas desse nível eram as piores deste mundo. As mais indecentes. Pequeno-burguesas. Subalternas. O filho também era atrevido e nem um pouco obediente. Apesar disso, eu tinha de reprimir tudo o que sentia, cumprimentar aquelas pessoas, conversar, dizer que Yoshio era adorável e afagar sua cabeça, enfim, fingir e mentir desmesuradamente. Por isso mesmo, o casal Imaida talvez fosse mais autêntico do que eu. Todos comeram meu prato rococó e elogiaram minha habilidade e, apesar de me sentir miserável, exasperada e querer chorar, fiz um esforço, procurei me mostrar contente e tomei parte da refeição. Mas os elogios tolos da senhora Imaida, como era de esperar, me deixaram nauseada. Chega, não iria mais mentir!

— Este prato não é nem um pouco saboroso. Não havia mais nada na despensa, ele é fruto da necessidade — eu disse, acreditando ter dado as devidas proporções ao meu feito, mas o casal Imaida tratou de replicar que o "fruto da necessidade" estava delicioso, ambos riram e quase bateram palmas. Frustrada, peguei os hashi e a tigela e pensei em chorar sonoramente. Mas aguentei firme e forcei um sorriso.

— Minha filha me ajuda cada vez mais! — explicou minha mãe, sorrindo. Apesar de ter perfeito conhecimento da minha tristeza, ela procurava agradar ao casal Imaida, por isso soltou esse comentário superficial. Mamãe lisonjeando os Imaidas dessa forma! O que foi aquilo? Na frente dos outros, ela não era minha mãe. Não passava de uma frágil mulher. Só porque papai morreu era preciso se rebaixar a tanto? Fiquei tão triste que não consegui falar mais nada. Que fossem embora! Que partissem de uma vez! Meu pai era uma pessoa maravilhosa. Bom e elevado. Se eles pretendiam nos fazer de tolas só porque meu pai não estava mais conosco, que chispassem logo! Queria muito ter dito isso aos Imaidas. No entanto, covarde como eu era, ainda cortei presunto para Yoshio e ofereci picles para a senhora Imaida.

Depois do jantar, me enfiei na cozinha e comecei a lavar a louça. Queria muito ficar sozinha. Não era arrogância, só achava que já era suficiente, não precisava ficar conversando com aquelas pessoas e rir sem ter vontade. Não iria lisonjeá-las com relutância por mera cortesia. Detestava aquilo. Já era o bastante. Fiz o que pude. Minha mãe pareceu contente em constatar como eu me comportava de forma paciente e afável. Teria sido suficiente? Será que era melhor eu me enquadrar num comportamento social padrão, procurando lidar com desenvoltura diante das situações que surgissem, ou não me importar se os outros falassem mal de mim e ser sempre fiel à minha essência, sem me anular? Não sabia qual era a melhor alternativa. Invejava aqueles que passavam a vida inteira junto a pessoas semelhantes a si próprios: frágeis, gentis e afetuosas. Se fosse possível viver sem nenhum sofrimento durante a vida inteira, seria a melhor coisa; ninguém busca o sofrimento propositalmente.

Reprimir os próprios sentimentos e servir aos outros são decerto características positivas, mas se tiver que rir sem ter vontade e participar de conversas vazias com pessoas como o casal Imaida todos os dias pelo resto da vida, seria enlouquecedor. Uma pessoa como eu não serviria para ir para a prisão. Que pensamento estranho! Nem serviria para ser empregada. Ou esposa. Não. Ser esposa é diferente. Se eu resolvesse de fato dedicar minha vida a uma pessoa, independentemente do sofrimento, mesmo que ficasse queimada de trabalhar sob o sol, ainda seria algo pelo qual valeria a pena viver, que me daria esperanças, e eu o faria de maneira decidida. Seria natural. Trabalharia como uma formiga, infatigável, da manhã à noite. Lavaria roupas sem descanso. Nada me daria mais desgosto do que um grande acúmulo de roupas sujas. Ficaria irritada, histérica e não sossegaria. Não aguentaria deixar tudo daquele jeito. Lavaria toda a roupa suja sem esquecer uma única peça e não me importaria em morrer depois que as tivesse pendurado no varal.

Os Imaidas estavam prestes a ir embora. Tinham algum compromisso. Minha mãe os acompanharia. Era típico dela dizer "Sim, sim!", e ir junto com eles. Não era a primeira vez que o casal precisava dela para alguma coisa, eu detestava a falta de vergonha deles, queria dar-lhes uma surra. Acompanhei-os até o portão e fiquei observando a rua escura, prestes a chorar.

O jornal vespertino e duas cartas estavam dentro da caixa de correspondência. Uma delas era para minha mãe, da loja Matsuzaka, anunciando o início das vendas de peças da moda verão. A outra era para mim, do primo Junji. Ele apenas informava que seria transferido para o regimento em Maebashi e mandava lembranças para minha mãe. A vida dos oficiais não devia ser particularmente interessante, mas eu invejava a disciplina, o rigor e o pragmatismo deles. Tudo estava sempre bem definido, devia ser cômodo viver assim. No meu caso, quando não tinha vontade de fazer nada, simplesmente não fazia, eu podia me comportar como bem entendesse; tinha um tempo generoso para estudar, podia fazer o que me desse na telha; mas seria bom se alguém estabelecesse limites para o meu ócio. Apreciaria algumas restrições em minha vida. Li em algum lugar que o único desejo dos soldados na frente de batalha é dormir bastante e, apesar de ter pena de seus sofrimentos, sinto inveja disso. Superar esse odioso e infinito círculo de pensamentos inoportunos e sem nexo que me inundam, ansiando apenas por dormir e dormir, algo tão puro e simples, é uma ideia que me deixa revigorada só de pensar nela. Talvez eu me tornasse uma garota um pouco melhor se vivesse como um soldado e passasse por um treinamento severo. Mas há pessoas que não precisam viver como soldado para serem boas, como Shin. Eu de fato não tinha salvação. Era uma garota perdida. Shin era o irmão mais novo de Junji, tínhamos a mesma idade, mas ele era muito melhor do que eu. Era a pessoa de que eu mais gostava dentre os parentes, não, no mundo inteiro! Shin era cego. Ser jovem e perder a visão devia ser terrível. Como ele se sentia, sozinho em seu quarto, em noites tranquilas como aquela? Quando ficamos tristes, podemos ler livros, observar a paisagem e, assim, nos distraímos, mas Shin não podia fazer nada disso. Tinha de se resignar a ficar quieto. Até pouco tempo, não havia ninguém que se dedicasse tanto aos estudos, e ele costumava jogar tênis e era um exímio nadador, de modo que sua solidão e tristeza atuais deviam ser imensuráveis. Ontem à noite, ao me deitar, fechei os olhos e imaginei como era ser Shin por cinco minutos. Mesmo esse curto tempo deitada na cama com os olhos fechados pareceu longo e opressivo e, no entanto, Shin passava dias, meses sem nada enxergar pela manhã, à tarde e à noite. Ficaria contente se ele reclamasse, explodisse de raiva, tivesse pena de si mesmo, mas ele não cedia a essas reações. Nunca o ouvi reclamar ou falar mal de alguém. Sua conversa era animada e seu rosto tinha uma expressão inocente. Isso fazia com que a dor em meu peito fosse ainda maior.

Caí em divagações enquanto varria a sala e depois fui esquentar a água do ofurô. Enquanto esperava, sentei-me sobre uma caixa de laranjas e fiz todo o dever de casa à luz bruxuleante do carvão. Enquanto esperava a água esquentar, comecei a ler *Histórias da outra margem*.[10] Não havia nada de desagradável ou inapropriado na narrativa. Porém a afetação do escritor era evidente em alguns trechos, o que passava a sensação de um quê antiquado e pouco confiável em suas palavras. Talvez fosse a idade do autor. Mas os escritores estrangeiros também envelhecem e, assim mesmo, amam o que escrevem com maior intensidade e carinho. E não são sarcásticos. No entanto, esse livro não pertencia à boa literatura do Japão? Não que houvesse mentiras nele, a calma resignação que transmitia era até revigorante. Era a obra do autor que eu considerava mais madura e a que eu mais apreciava. Tinha a impressão de que o autor era uma pessoa com forte senso de responsabilidade. Preocupava-se muito com a moral japonesa e, por isso, muitos de seus livros soavam reacionários e sensacionalistas. Pessoas especialmente sensíveis têm a propensão de se comportarem mal. Ao vestir a máscara de um demônio malévolo, ele enfraquecia as suas obras. Entretanto, havia uma triste e imperturbável força em *Histórias da outra margem*. Que me agradava.

---

10. Romance do escritor japonês Nagai Kafu, de 1937, publicado no Brasil pela Estação Liberdade.

A água do ofurô ficou quente. Acendi a luz do banheiro, tirei o quimono e, após abrir as janelas, afundei na água em silêncio. As folhas do viburno me espiavam através da janela, cada uma delas brilhando com a iluminação da luz. Estrelas luziam no céu, não importava o ângulo do qual as observasse. Embevecida, com o rosto voltado para o alto, eu evitava olhar a alvura pálida do meu corpo, assim mesmo eu a pressentia de forma vaga, ela se encontrava em algum ponto periférico de minha visão. Em silêncio, essa alvura me parecia diferente daquela de minha infância. Queria fugir. Meu corpo se desenvolvia sozinho, alheio à minha vontade, e isso me perturbava, era insuportável. Rapidamente, eu me tornava adulta sem que pudesse fazer nada, que tristeza! Será que não restava nada a fazer além de deixar as coisas seguirem seu curso e, em silêncio, observar enquanto me transformava em adulta? Queria ter o corpo de uma boneca para sempre. Agitei a água e a espirrei para todos os lados como faria uma criança, mas aquilo era deprimente. Tinha a impressão de que não havia mais razão para viver a partir dali e me senti mal. "Mana!", gritou uma criança no terreno baldio do outro lado do jardim, o que me fez sentir uma pontada no peito. Embora ela não chamasse por mim, invejei essa "mana" evocada pela criança chorona. Se tivesse um único irmão mais novo apegado a mim dessa maneira, eu não passaria os dias de forma tão vergonhosa e confusa. Seria encorajada a viver, dedicaria minha vida a esse irmão. Enfrentaria qualquer dificuldade. Faria tudo sozinha e depois teria muita pena de mim mesma.

Depois do banho, fui até o jardim para ver as estrelas, que nessa noite despertavam meu interesse de uma forma peculiar. Tive a impressão de que cairiam sobre mim. O verão estava próximo. Os sapos coaxavam aqui e ali. O trigo farfalhava. Não importava quantas vezes levantasse a cabeça, as estrelas sempre brilhavam. Lembrei-me de um episódio que ocorrera no ano passado. Não, não foi no ano passado, foi no ano retrasado. Eu insistira em fazer um passeio e meu pai me acompanhou, apesar de estar doente. Meu sempre jovem pai! Enquanto caminhávamos, ele me ensinou uma pequena canção alemã cuja letra dizia algo como: "Que você viva até os cem anos e eu, até os noventa e nove." Ele falou sobre as estrelas. Improvisou um poema, apoiado na bengala, cuspindo e piscando os olhos com frequência. Meu bom pai! A lembrança que eu tinha dele perdurava bem vívida enquanto observava em silêncio as estrelas, com o rosto voltado para cima. Um ou dois anos depois, fui me tornando aos poucos uma garota horrível. Passei a ter muitos, muitos segredos.

Voltei para o quarto, sentei-me junto à escrivaninha, apoiei a cabeça sobre as mãos e observei o lírio sobre a mesa. Exalava um perfume delicioso. Por mais aborrecida que me sentisse, não tinha pensamentos inapropriados enquanto o cheirava. Eu tinha ido até as imediações da estação na tarde anterior e, na volta, comprei aquele lírio na floricultura. Agora, era como se meu quarto tivesse sofrido uma transformação, parecia um ambiente renovado, o perfume do lírio me revigorava assim que eu abria a porta. Observando-o, minha percepção e meus sentidos diziam que ele estava acima da glória de Salomão. De repente, lembrei-me do que ocorrera em Yamagata no verão passado. Nas montanhas, eu ficara impressionada com a quantidade de lírios que floresciam espalhados sobre o despenhadeiro, e queria muito apanhá-los. No entanto, o despenhadeiro era extremamente íngreme e impossível de escalar, assim, por mais que os desejasse, só me restava observá-los. Mas um mineiro desconhecido estava por perto nessa ocasião e começou a escalar o despenhadeiro sem dizer nada e, num piscar de olhos, colheu uma quantidade tão grande de lírios que mal conseguia envolver com os dois braços. Sem abrir sequer um sorriso, entregou-os todos a mim. Eram muitos, uma quantidade imensa deles! Nem no mais suntuoso palco ou casamento, alguém jamais recebeu tantas flores. Era a primeira vez que sentia vertigem com lírios. Mal conseguia segurar, com os dois braços abertos, as enormes flores brancas, que chegavam a tapar minha visão. Ele foi gentil, era um jovem mineiro admirável e, aliás, como estaria ele? Tudo o que fez foi me oferecer flores colhidas em um lugar de difícil acesso, e é por isso que todas as vezes que vejo lírios me lembro desse mineiro.

Abri a gaveta da escrivaninha e, ao revirá-la, encontrei um leque do verão passado. Desenhada sobre a superfície de seu papel branco, havia uma mulher do período Genroku sentada de forma despreocupada e, ao seu lado, duas plantas verdes de physalis. Foi como se o verão do ano passado transcendesse do leque como uma fumaça. A vida em Yamagata, o interior do trem, os *yukatas*, as melancias, o rio, as cigarras, o mensageiro dos ventos. Tive o repentino desejo de tomar um trem empunhando aquele leque. A sensação de abri-lo era boa. As hastes se desfraldaram uma a uma e, logo, havia uma repentina leveza no ar. Brincava girando o leque quando minha mãe chegou. Ela estava de bom humor.

— Ah, que cansaço! — Apesar de dizer isso, sua expressão não revelava descontentamento. Ela gostava de ajudar os outros. — Era um assunto complicado — comentou, enquanto retirava o quimono. Depois, foi tomar banho. Em seguida, nós duas bebemos chá. Ela estava sorridente. Tentei adivinhar o que diria.

— Esses dias você não comentou que gostaria de ver *A garota descalça?* Se quiser mesmo ver esse filme, pode ir! Em troca, faça uma massagem em meus ombros esta noite. Não é ainda melhor ir ao cinema em troca de um favor?

Não cabia em mim de tanto contentamento. De fato, queria ver *A garota descalça*, mas não fiquei insistindo, pois não tinha feito nada além de me divertir ultimamente. Adivinhando meu desejo, ela me incumbia de uma tarefa e permitia que fosse assistir ao filme sem culpa. Fiquei realmente feliz, gostava de minha mãe, e não pude reprimir um sorriso.

Tinha a impressão de que fazia bastante tempo que não passávamos uma noite assim, juntas, apenas nós duas. Minha mãe conhecia muita gente. Ela se esforçava para não cometer nenhuma gafe em sociedade. Eu constatava seu cansaço, que era transmitido ao meu corpo enquanto eu massageava seus ombros. Precisava cuidar dela. Tive vergonha por ter ficado ressentida quando os Imaidas estavam presentes. "Perdoe-me", falei baixinho. Eu pensava apenas em mim mesma, lá no fundo não queria compartilhar minha mãe com ninguém e isso fazia com que me comportasse de forma rude. Cada vez que isso ocorria, ela devia sofrer muito, já que eu sempre a rechaçava. Sua fragilidade ficou mais evidente depois da morte de papai. Eu digo que sofro, que não posso suportar e me apoio nela, entretanto basta que ela se aproxime um pouco de mim para que eu sinta uma espécie de repulsa, como se eu estivesse diante de algo sujo; sou mesmo egoísta demais. Nós duas não passamos de mulheres frágeis. Desejo criar uma existência na qual ambas sejamos felizes, na qual eu possa lhe servir de apoio e possamos falar sobre o passado e sobre papai. Mesmo que seja um único dia, meu desejo é posicioná-la no centro de minhas atenções. Quero que isso dê um propósito à minha vida. Interiormente, me preocupo com minha mãe e desejo me tornar uma boa filha, mas na prática minhas ações e palavras são as de uma criança egoísta. Além disso, de uma criança que não possui nada de louvável. Que se comporta de modo indecente e vergonhoso. Afinal, o que significa dizer que sofro, que tenho angústias, que me sinto triste e só? Se respondesse com honestidade, morreria. Apesar de saber a resposta, não consigo pronunciar sequer uma palavra que se aproxime dela, nem sequer um adjetivo. Apenas fico embaraçada e, ao final, sinto raiva e impotência. Antigamente, diziam que as mulheres eram escravas, vermes que ignoravam a si mesmas, bonecas, mas, por outro lado, elas possuíam um tipo de feminilidade muito superior ao que possuo hoje, tinham grandeza de alma, eram suficientemente sensatas em face de sua submissão, conheciam a pureza do sacrifício e compreendiam com clareza o que era servir sem esperar nada em troca.

— Ah, que ótima massagista! Você leva jeito! — Como de hábito, ela se descontraía comigo.

— Acha mesmo? Deve ser porque a massageio com carinho. Mas uma boa massagem não é a única coisa que sei fazer. Não é minha única virtude. Seria desapontador, tenho outras habilidades — eu disse o que pensava, sem afetação. Aquelas palavras pareceram imbuídas de um novo frescor aos meus ouvidos. Era a primeira vez que dizia algo de modo tão cândido e lúcido nos últimos dois ou três anos. Ao compreender meu papel, era capaz de aceitar a mim mesma, e pela primeira vez comecei a acreditar que uma pessoa nova e serena pudesse emergir de mim, o que me deixou feliz.

Queria demonstrar-lhe toda a minha gratidão naquela noite e, depois da massagem, aproveitei para ler um trecho de *Coração*.[11] O rosto dela sempre expressava alívio quando me via lendo aquele livro. Algum tempo atrás, eu lia *A bela da tarde*, de Joseph Kessel, quando ela gentilmente o tomou de mim, olhou a capa e seu rosto assumiu uma expressão de tristeza. No entanto, ela logo me devolveu o livro, sem dizer nada. Senti-me um pouco mal e não quis mais continuar a leitura. Acho que ela nunca leu *A bela da tarde*, mas deve ter tido alguma intuição. Lendo *Coração* em meio ao silêncio da noite em voz alta, esta soava um tanto estúpida; de vez em quando, não conseguia conter meu embaraço durante a leitura. O silêncio dos arredores apenas reforçava a sensação de ridículo. A emoção que eu sentia sempre que lia aquele livro era a

---

11. Romance infantil escrito por Edmondo De Amicis publicado em 1886.

mesma que experimentara quando criança, meu coração se tornava dócil e belo, uma sensação boa, embora ler em voz alta fosse diferente de ler apenas com os olhos. Entretanto, minha mãe abaixou a cabeça e chorou nos trechos sobre Enrico e Garrone. A minha mãe era tão bela e maravilhosa quanto a de Enrico!

Ela se recolheu antes de mim. Devia estar muito cansada por ter saído tão cedo naquela manhã. Estendi o futon e dei algumas batidas em suas bordas. Ela caiu no sono assim que se deitou.

Depois disso, fui lavar roupa na sala de banho. Há pouco tempo adquiri o estranho hábito de começar a lavar roupa por volta das dez horas, por sentir que desperdiço meu tempo quando lavo durante o dia, mas talvez seja o contrário. Via a lua através da janela. Enquanto cuidava das roupas, lhe dirigi um sorriso. Ela me ignorou. De repente, acreditei que, naquele mesmo instante, em algum outro lugar, uma pobre garota solitária lavava roupa e sorria para a lua da mesma forma que eu, tinha certeza daquilo. Uma garota de vida sofrida que morava em uma casa no topo de uma montanha distante lavava roupa em silêncio junto à porta dos fundos durante a noite. Sim, essa garota existia. E no corredor de um apartamento sujo em um cortiço de Paris, outra garota, da mesma idade que a minha, igualmente lavava roupa sozinha, em silêncio, sorrindo para a lua. Não tinha nenhuma dúvida daquilo, ela pairava diante de mim de forma vívida e multicor como se a visse através de binóculos. Ninguém conhecia nossas angústias. Se nos tornarmos adultas, talvez nos lembremos de nossa dor e desconsolo como sentimentos peculiares, embora haja esse longo e desagradável intervalo a percorrer até lá. Como deveríamos ocupá-lo? Ninguém nos ensina. Será que não há nada a fazer senão ignorá-lo como se ele fosse uma doença como o sarampo? Mas há quem morra de sarampo, quem fique cego. Então não podemos ignorá-lo. Há mulheres que arruínam suas vidas, são corrompidas e se perdem irremediavelmente enquanto passam os dias se sentindo melancólicas ou irritadas. Também há aquelas que decidem cometer suicídio. Então, vocês poderiam dizer "Ah, se ela tivesse esperado um pouco mais, teria compreendido; se ficasse um pouco mais adulta, teria sido capaz de compreender...", mas não importa quanto lamentem, se vocês se pusessem no lugar dessa pessoa, veriam que, apesar de todo o seu sofrimento, ela conseguiu chegar até ali e se empenhou em ouvir o que lhe diziam. Mas vocês se limitaram a ficar repetindo pregações evasivas, em uma tentativa de apaziguar seu ânimo. Até quando teremos que tolerar essa embromação? Não somos adeptas do *carpe diem*, mas vocês apontam para uma montanha longínqua e dizem que, se subirmos até o seu topo, teremos uma vista maravilhosa. Sabemos que isso é verdadeiro, que não há nenhuma mentira nessa afirmação, mas vocês ignoram a violenta dor de estômago que sentimos nesse momento, fazem de conta que não a percebem e se limitam a pedir que aguentemos um pouco mais. Dizem que, se subirmos até o topo daquela montanha, tudo ficará bem. Com certeza, alguém deve estar errado. Quem está errado são vocês!

Depois de terminar de lavar roupas, pus a sala de banho em ordem e, quando abri a porta do quarto devagar, notei o perfume do lírio. Como era bom! Senti-me límpida até o fundo do coração, um sentimento que eu chamaria de niilismo sublime. Eu vestia o pijama em silêncio quando minha mãe, que julgava dormir profundamente, começou a falar ainda com os olhos fechados. De vez em quando, ela me surpreendia daquela forma.

— Você queria sapatos novos. Hoje dei uma olhada quando passei por Shibuya. Eles também estão mais caros.

— Não se preocupe, não quero tanto assim.

— Mas você não precisa deles?

— Hum...

O mesmo sol nascerá amanhã, não é mesmo? Mas a felicidade nunca virá. Eu sei disso. No entanto, não é melhor dormir acreditando que ela certamente virá, amanhã? Deitei-me fazendo barulho de propósito. Ah, que sensação boa! O futon estava gelado e minhas costas ficaram agradavelmente frescas, um arrebatamento repentino. A felicidade chega com uma noite de atraso. Lembrei-me vagamente desse ditado. Você espera e espera pela felicidade, então não aguenta mais e sai correndo e, no dia seguinte, descobre que algo maravilhoso aconteceu na casa que acabou de abandonar, mas aí já é tarde. A felicidade chega com uma noite de atraso. A felicidade...

Ouvi Dó caminhar no jardim. *Pof, pof, pof.* O som de seus passos é curioso. Sua pata dianteira direita é curta e, além disso, com a outra dianteira forma um "O" como um caranguejo, e isso faz com que seus passos produzam um ruído melancólico. O que ele estaria fazendo caminhando pelo jardim no meio da noite? Fiquei com pena de Dó. Eu havia sido cruel com ele hoje cedo, mas amanhã iria agradar-lhe.

Eu tinha o horrível hábito de só conseguir dormir se cobrisse o rosto com as duas mãos. Então fiz isso e fiquei imóvel.

Adormecer era uma sensação esquisita. Era como se uma carpa ou uma enguia puxasse uma linha de pesca com força, bastante força, parecida com o peso de chumbo; o peixe puxava minha cabeça com essa linha e, quando eu ameaçava adormecer, a força que agia sobre essa linha se afrouxava outra vez. Então, eu logo recuperava os sentidos. Mais um puxão. Adormecia. A linha cedia de novo. Isso se repetia três ou quatro vezes, até que, por fim, um puxão derradeiro me mantinha adormecida até de manhã.

Boa noite! Sou uma Cinderela sem príncipe. Você sabe onde vivo em Tóquio? Já não nos veremos mais.

As tenras folhas das cerejeiras e o assobio misterioso

— Nesta época, quando as flores das cerejeiras caem e as novas folhas surgem, sempre me lembro — assim começou a mulher — que, há trinta e cinco anos, quando meu pai ainda estava vivo, minha família — quer dizer, meu pai, minha irmã mais nova e eu, pois minha mãe já tinha deixado este mundo sete anos antes — se mudou para uma cidade com mais de vinte mil habitantes na costa do Mar do Japão, na província de Shimane. Meu pai havia sido designado para ser diretor de um colégio. Eu tinha dezoito anos e minha irmã, dezesseis. Não havia uma casa adequada para alugar na cidade, então nos acomodamos em dois quartos nos fundos de um templo isolado perto da montanha, longe da cidade. Moramos ali até o meu pai ser transferido para o colégio de Matsue, seis anos depois. Eu me casei após a mudança, no outono de meus vinte e quatro anos, um casamento tardio para a época. Minha mãe morreu cedo e meu pai era um intelectual obstinado sem nenhum interesse por questões mundanas. Se eu o deixasse, sabia que a manutenção da casa ficaria comprometida, de modo que, por mais que conversássemos a esse respeito, não tinha vontade de sair para me casar. Se ao menos minha irmã fosse saudável, as coisas seriam mais simples; ao contrário de mim, ela era uma garota extremamente bonita, com cabelos compridos, uma pessoa excelente e adorável. No entanto, seu corpo era frágil. Na primavera de nosso segundo ano nessa cidade aos pés do castelo — quando eu tinha vinte anos e minha irmã, dezoito —, ela faleceu. O que contarei agora ocorreu nessa época. Minha irmã já não estava bem havia um bom tempo. Tinha uma doença terrível, chamada tuberculose renal, e, quando foi diagnosticada, seus dois rins já estavam comprometidos e o médico contou com franqueza ao meu pai que só restavam a ela cem dias de vida. Não havia mais nada a fazer. Um mês se passou, dois meses, o centésimo dia se aproximava com rapidez e só nos restava esperar em silêncio. Minha irmã, ignorando esse fato e sentindo-se relativamente bem, passava o dia deitada, cantava com boa disposição, fazia brincadeiras, era carinhosa. Quando pensava que ela de fato morreria dentro de trinta ou quarenta dias, e que aquilo não poderia ser evitado, sentia o peito explodir e sofria como se meu corpo inteiro fosse espetado por agulhas de costura, uma sensação enlouquecedora. Março, abril, maio… Nunca me esquecerei daquele dia em meados de maio!

Os campos e a montanha se revestiam de novas folhas, fazia tanto calor que tinha vontade de ficar nua, o verde das tenras folhagens era brilhante, a ponto de fazer os olhos arderem. Sozinha, eu me perdia em diversos pensamentos com uma das mãos enfiada no *obi*. Caminhava pela trilha do campo com a cabeça baixa e tudo o que me vinha à mente era doloroso, quase não conseguia respirar, caminhava angustiada. Pam! Pam! Um ruído estrondoso reverberava incessante, vindo das profundezas mais abissais do solo primaveril, como se ecoasse de algum lugar a milhões de metros, débil, mas com boa amplitude, como se alguém batesse em um grande tambor nos confins do inferno. Sem saber o que era aquele ruído assustador, eu me perguntava se não teria enlouquecido, e fiquei ali, petrificada, sem poder me mover, até soltar um grito e me sentar sobre a campina, inerte, incapaz de permanecer em pé, aos prantos.

Mais tarde, soube que aquele ruído assustador e misterioso era o som dos canhões dos encouraçados em guerra no mar do Japão.[1] O almirante Togo estava engajado na batalha que aniquilaria a frota báltica russa. Foi bem naquele momento.

— Este ano também logo comemoraremos o Dia da Marinha, não é verdade? — comentou a mulher e retomou sua narrativa. — O som estrondoso dos canhões também podia ser ouvido naquela cidade aos pés do castelo, seus moradores deviam estar igualmente apavorados, mas eu ignorava tudo aquilo, pensava apenas em minha irmã; estava um pouco fora de mim e aquele som parecia o de um tambor infernal que anunciava infortúnios. Fiquei um longo tempo chorando sobre a grama sem levantar o rosto. Quando começou a anoitecer, finalmente me levantei e, como se estivesse morta, voltei para o templo com ar ausente.

— Mana! — minha irmã chamou por mim. Nos últimos dias, ela tinha emagrecido e estava mais debilitada e

---

1. Batalha de Tsushima (1905).

enfraquecida. Parecia adivinhar vagamente que não viveria muito, deixara de fazer pedidos caprichosos como uma criança mimada e isso era ainda mais doloroso para mim.

— Mana, quando esta carta chegou?

Tive um sobressalto, senti um aperto no peito e estava consciente de que tinha empalidecido.

— Quando ela chegou? — repetiu, parecendo despreocupada. Eu me recompus.

— Agora há pouco. Enquanto você estava adormecida. Você sorria durante o sono, sabia? Eu a deixei à sua cabeceira sem despertá-la. Você não percebeu, não é mesmo?

— Ah, não percebi! — Seu belo sorriso alvo se destacou no quarto semiobscurecido pela proximidade do crepúsculo. — Mana, eu li esta carta. É de alguém que desconheço.

Será que ela realmente desconhecia? Eu sabia quem era esse homem chamado M.T. que a tinha enviado. Sabia muito bem! Claro que nunca o havia encontrado, mas cinco ou seis dias atrás, quando arrumava a cômoda de minha irmã, achei um maço de cartas firmemente amarrado com um laço verde escondido no fundo de uma das gavetas; sei que não devia, mas desfiz o nó e acabei por ler as cartas. Eram cerca de trinta, todas escritas por esse M.T. É óbvio que seu nome não aparecia na frente do envelope, apenas em seu interior. Os nomes dos remetentes nos envelopes eram femininos, todos de amigas reais de minha irmã, por isso meu pai e eu não tínhamos a menor ideia de que ela se correspondia com um homem com tanta assiduidade.

Com certeza, M.T. tomara o cuidado de pedir que minha irmã lhe dissesse o nome de várias amigas e, empregando-os seguidamente, lhe enviou as cartas. Essa era a única explicação, não podia deixar de admirar a ousadia dos jovens! Se nosso pai, tão severo, soubesse daquilo, eu tremia só de imaginar o que poderia ocorrer. Eu as li respeitando a ordem das datas e, à medida que o fazia, me sentia animada e alegre, até rindo de vez em quando de suas puerilidades e, ao final, tive a impressão de que um mundo muito mais amplo se revelava até mesmo para mim.

Eu tinha acabado de completar vinte anos nessa época e, como uma jovem mulher, havia várias angústias sobre as quais não podia falar abertamente. Li aquelas mais de trinta cartas como se fosse levada pela correnteza de um rio e, depois da última, escrita no outono do ano anterior, tive um sobressalto involuntário. Ser atingida por um raio talvez descrevesse o que senti. O choque foi tão grande que quase caí para trás. O romance de minha irmã não se limitava apenas ao seu coração. Tinha ultrapassado os limites da decência. Queimei aquelas cartas. Não poupei nenhuma. M.T. morava naquela cidade aos pés do castelo, parecia ser um poeta pobre, foi covarde, abandonou minha irmã assim que soube de sua doença, pediu que ela o esquecesse, escreveu coisas cruéis e insensíveis. Depois disso, não voltou a escrever. Se eu permanecesse calada e nunca contasse nada a ninguém, minha irmã poderia morrer como uma garota inocente. Ninguém mais saberia, sufocaria aquele sofrimento, no entanto, a partir daquela descoberta, sentia ainda mais pena de minha irmã, fantasias bizarras emergiam, uma dor despontava em meu peito, agridoce, uma sensação desagradável e angustiante, um sofrimento como aquele só poderia ser compreendido por uma garota da mesma idade, um inferno em vida. Sofria sozinha como se aquela experiência amarga fosse minha. Naquela época, meus sentimentos também eram um pouco peculiares.

— Mana, por favor, leia. Não tenho a menor ideia do que se trata.

Achei sua desonestidade profundamente detestável.

— Posso ler? — perguntei em voz baixa, tomando a carta das mãos de minha irmã, as pontas dos meus dedos perturbadoramente trêmulas. Não era necessário abri-la, já conhecia o seu conteúdo. Mas eu precisava lê-la como se não soubesse de nada. Quase sem pousar os olhos sobre ela, li em voz alta:

Hoje, desejo lhe pedir perdão. O motivo de não ter escrito antes foi a minha falta de coragem. Sou pobre e sem qualificações. Não tenho nada a lhe oferecer. Possuo apenas palavras, palavras nas quais não há nenhuma gota de mentira, tudo o que posso fazer é atestar meu amor por meio delas, estou cansado dessa minha inutilidade, dessa minha impotência! Não a esqueci nem um único dia, nem mesmo em meus sonhos. No entanto, não tenho nada a lhe oferecer. Foi devido a essa dor que desejei que nos afastássemos. À medida que seu infortúnio aumentasse e que meu amor se tornasse mais profundo, não conseguiria mais me aproximar de você. Compreende? Não a estou enganando. Fiz aquilo que acreditava ser correto, mas estava errado. Foi um equívoco. Estava completamente enganado. Peço perdão. Em meu egoísmo, desejava apenas me tornar uma pessoa perfeita para você.

Sou miserável e impotente, incapaz de fazer qualquer coisa. Mas posso oferecer palavras sinceras e, ao fazê--lo, talvez possa viver de forma genuína, humilde e bela. Acredito que, na medida de nossas possibilidades, devemos sempre nos esforçar para realizar esse fim. Não importa se as nossas condições para isso sejam limitadas. Oferecer uma única flor de dente-de-leão sem sentir vergonha é uma atitude brava e viril. Não fugirei mais. Eu a amo. Comporei poemas diários e irei enviá-los todos os dias, todos os dias. E também irei até a cerca de seu jardim e assobiarei todos os dias, todos os dias. Amanhã, às seis horas da tarde, assobiarei uma marcha naval. Assobio muito bem, sabia? Neste momento, isso é tudo o que posso lhe oferecer. Não ria! Não, ria! Alegre-se! Deus certamente está nos observando de algum lugar. Acredito nisso. Você e eu somos seus filhos. Com certeza, teremos um belo casamento.

> *"Esperei tanto*
> *pelas flores do pessegueiro*
> *este ano!*
> *Diziam ser pálidas,*
> *abriram-se ruborizadas."*

Tenho estudado. Está tudo bem. Até amanhã!
M.T.

— Mana, eu sei — minha irmã murmurou aquilo com uma voz límpida. — Obrigada! Foi você quem escreveu essa carta, não foi?

Fiquei tão envergonhada que tive vontade de rasgar aquilo em milhares de pedaços e, depois, puxar meus cabelos e arrancá-los. Não sabia o que fazer, esse era meu estado. Sim, eu a escrevera. Ver minha irmã sofrer era insuportável, pretendia escrever cartas imitando a letra de M.T. nas quais incluiria maus poemas compostos a duras penas todos os dias. E iria até a cerca do jardim sem que ela percebesse e assobiaria uma canção todas as tardes, às seis horas, até que ela morresse.

Fiquei envergonhada. Cheguei até a compor um poema inepto, que vergonha! Minha agonia era tão grande que não fui capaz de responder de imediato.

— Mana, não se preocupe, está tudo bem! — Ela estava estranhamente calma e deu um lindo sorriso, quase sublime. — Você encontrou aquele maço de cartas amarrado com um laço verde, não é mesmo? Aquilo tudo é mentira! Eu me sentia tão triste que comecei a escrever aquelas cartas no outono, dois anos atrás, as endereçava a mim mesma e as postava no correio. Não me ache estúpida! A juventude é preciosa. Isso se tornou claro para mim depois que fiquei doente. Escrever aquelas cartas a mim mesma foi indecente. Sórdido. Estúpido. Seria melhor ter me envolvido com um homem de verdade. Desejava que meu corpo fosse abraçado com força. Até hoje, nunca tive um namorado ou cheguei a conversar com algum rapaz fora de casa. Acho que você também, não é verdade? Mana, isso foi um erro! Fomos sensatas demais. Ah, não quero morrer! Minhas pobres mãos, as pontas de meus dedos, meus cabelos! Não quero morrer! Não quero!

Eu estava triste, assustada, feliz, envergonhada, meu peito explodia e, confusa, encostei minha face no rosto magro de minha irmã, deixando que lágrimas viessem aos meus olhos e abraçando-a gentilmente. Foi nesse instante que ouvi. Num tom baixo e fraco, alguém assobiava uma marcha naval. Minha irmã também prestava atenção. Ah, quando olhei para o relógio, eram seis horas! Nós nos abraçamos com força, imóveis, tomadas por um temor indescritível. Ficamos atentas àquela marcha misteriosa que vinha detrás das cerejeiras revestidas de sua roupagem de novas folhas nos fundos do jardim.

Deus existe. Ele existe! Com certeza, existe! Acreditei nisso. Minha irmã morreu três dias depois. Até mesmo o médico se surpreendeu com a rapidez e a serenidade de sua morte. Mas, de minha parte, não fiquei espantada. Acreditava que aquela tinha sido a vontade divina.

Hoje, depois de tantos anos, vergonhosamente me tornei mais pragmática. Minha fé ficou mais débil e comecei a me questionar se aquele assobio não fora obra de nosso pai.

Depois de voltar do trabalho no colégio, nosso severo pai podia ter ouvido nossa conversa da sala ao lado e, sensibilizado, fez a atuação de sua vida. Pergunto-me se não terá sido isso o que ali se sucedeu, embora ache que não. Se ele estivesse vivo, poderia questioná-lo a respeito, mas ele morreu há quinze anos. Pode ter sido mesmo uma bênção divina.

Gostaria de acreditar nisso e me sentir em paz, mas é inútil. A verdade é que, à medida que envelheço, me torno mais cética e minha fé diminui.

Pele e coração

Descobri uma erupção parecida com um grão de feijão *azuki* abaixo de meu seio esquerdo. Ao observá-la melhor, notei várias outras erupções avermelhadas menores ao seu redor como se tivessem sido borrifadas sob a forma de vapor e se espalhassem sobre toda a superfície da pele, apesar de não sentir coceira alguma. Horrorizada, fui à sala de banho e esfreguei a pele abaixo do seio com uma toalha a ponto de arranhá-la. Acho que esse foi meu erro. Quando voltei para casa, me sentei diante da penteadeira e expus o seio para vê-lo no espelho: a aparência era grotesca. Levei menos de cinco minutos para caminhar do banho público até minha casa e, nesse ínterim, a erupção tinha se espalhado da parte inferior de meu seio até a barriga, com a largura de dois palmos e uma cor vermelha como a de morangos. Era uma imagem infernal; tudo escureceu ao meu redor. A partir desse instante, eu não era mais a mesma pessoa. Não era mais sequer uma pessoa. Seria esse o significado do termo "ausentar-se"? Permaneci sentada, sem pensar em nada, por um longo tempo. Uma nuvem cinza-escura pairava ao meu redor, afastei-me de tudo, estava em um lugar distante, os sons externos chegavam até mim bem fracos, um abismo deprimente se aprofundava minuto a minuto. Enquanto observava meu corpo nu diante do espelho durante alguns instantes, pequenos grãos vermelhos surgiam aqui e ali, como se gotas de chuva tivessem começado a cair: ao redor do pescoço, sobre o peito, na barriga e até mesmo sobre as costas. Quando usei outro espelho para observar estas últimas, vi várias erupções, como se pedras de granizo tivessem acertado a pele branca de meus ombros, avermelhando-a. Cobri meu rosto.

— Essas coisas apareceram... — eu disse, mostrando aquilo para meu marido. Era o início do mês de junho. Ele vestia uma camisa branca de meia-manga e calças curtas, e já parecia ter encerrado as atividades do dia, fumando um cigarro na frente da mesa de trabalho com ar distraído; até que se levantou e pediu que eu me virasse para lá e para cá. Ele me examinou com a testa franzida e tocou minha pele com os dedos em alguns pontos.

— Não coça? — perguntou.

Respondi que não. Não sentia absolutamente nada. Depois disso, me pôs de pé sob a luz do sol que batia a oeste na varanda e, me fazendo girar, examinou meu corpo nu ainda mais minuciosamente. Quando se tratava do meu corpo, seus cuidados chegavam a ser exagerados. Ele não falava muito, mas sempre se preocupava comigo. Por isso, não sentia vergonha de expor meu corpo nu à luz do sol na varanda. Voltei-me a oeste, depois a leste, e não me importei em ser apalpada e girada de um lado a outro, ao contrário, estava serena como se fizesse uma prece, bem calma. Em pé, mantinha os olhos levemente cerrados; queria ficar assim, sem abri-los, até a morte.

— Não sei o que é. Deveria coçar se fosse uma alergia. Será que é sarampo?

Dei um sorriso desanimado e arrumei o quimono.

— Não será uma reação ao farelo de arroz?[1] Quando fui ao banho público, esfreguei o peito e o pescoço com muita força.

Talvez. Devia ser aquilo, concluímos. Ele foi à farmácia e trouxe uma pomada branca e pegajosa que vinha dentro de um tubo. Ele a besuntou em meu corpo com os dedos. Senti-me mais leve e revigorada.

— Será que não é contagioso?

— Não se preocupe com isso — disse ele, para me reconfortar. Sua tristeza também me abateu, seus sentimentos pareciam passar das pontas de seus dedos para a pele infecta de meu peito. Tudo o que eu queria era melhorar logo, ansiava por isso do fundo do coração.

Ele sempre teve muita consideração com minha má aparência, nunca mencionou as inúmeras imperfeições de meu rosto nem de brincadeira. Permanecia sério, dedicando-se a observar minha face, depois abria um sorriso e, embevecido, dizia:

— É um rosto bonito. Gosto dele!

Às vezes, falava coisas assim de modo tão casual que me deixava sem graça. Nós nos casamos há pouco, em março deste ano. Eu quase não conseguia pronunciar a palavra "casamento" com naturalidade, soava-me falsa e pretensiosa, talvez porque no nosso caso ele fosse frágil, precário e embaraçoso. Em primeiro lugar, eu já tinha

---

1. O farelo de arroz era usado para o asseio do corpo.

vinte e oito anos. Devido à minha falta de atrativos e perspectivas, tivera especulações sobre casamento só duas ou três vezes até os vinte e quatro ou vinte e cinco; as discussões começavam, mas logo terminavam, começavam e terminavam. Vivia com minha mãe e uma irmã mais nova, éramos uma família pobre, composta apenas por mulheres, não podia esperar uma boa proposta de casamento. Aquilo seria uma fantasia. Ao completar vinte e cinco anos, tomei uma decisão. Se não me casasse, iria dedicar a minha vida a ajudar minha mãe e a educar minha irmã. São sete anos de diferença entre nós, ela completará vinte e um este ano, é bonita e se revela cada vez mais generosa e afável. Queria que encontrasse um excelente marido, depois disso eu arranjaria um meio de me manter. Até lá, ficaria em casa e me encarregaria das finanças, da parte social de nossa vida, de tudo. Quando tomei essa decisão, todas as minhas preocupações se dissiparam, a dor e a tristeza foram para longe. Eu cuidava das tarefas domésticas e me dedicava às aulas de costura e, aos poucos, comecei a receber pedidos para produzir roupas ocidentais para as crianças da vizinhança. Começava a vislumbrar um meio de ser autossuficiente quando as conversas sobre meu marido atual tiveram início. A pessoa que fez a proposta era, por assim dizer, um antigo benfeitor de meu falecido pai, uma pessoa para quem devíamos favores, portanto eu não podia simplesmente recusar. Segundo ele, meu pretendente era um homem que havia concluído a escola elementar, não tinha pais ou irmãos e esteve sob os seus cuidados desde a infância, por isso não possuía fortuna. Estava com trinta e cinco anos e era um desenhista hábil. Seu salário mensal era de duzentos ienes, às vezes mais, porém havia meses em que não recebia nada. Na média, podia contar com setenta ou oitenta ienes. Além disso, não seria seu primeiro casamento, ele já tinha vivido por seis anos com uma mulher, mas, por alguma razão, eles se separaram no ano passado. Como ele tinha concluído apenas o ensino elementar, não possuía qualificações, não tinha fortuna e estava velho, achava que não conseguiria mais se casar de forma apropriada e preferia viver sozinho pelo resto da vida, fazendo o que tivesse vontade. O benfeitor de meu pai era viúvo e procurou fazer com que ele mudasse de ideia, dizendo-lhe que, se ele não quisesse que os outros o tratassem como um tipo esquisitão, deveria logo encontrar uma nova esposa, e que até já tinha alguém em mente. Foi assim que ele apareceu em nossa casa para tratar daquele assunto. Olhei para o rosto de minha mãe sem saber o que fazer. Era uma união sem nenhuma perspectiva positiva. Por mais que eu fosse uma solteirona de rosto redondo, nunca tinha feito nada repreensível, de modo que, se não fosse com aquela pessoa, eu não teria mais chances de me casar? Fiquei zangada no começo, me sentindo miserável. Recusar era a única alternativa, mas a pessoa que trouxe a proposta era alguém a quem devíamos obrigações, minha mãe e eu não queríamos que a recusa fosse mal interpretada. Enquanto nos demorávamos em dar uma resposta, inesperadamente passei a sentir pena daquele homem. Com certeza, ele devia ser uma boa pessoa. Eu também só tinha completado o secundário e não tinha qualificação. Também não possuía muito dinheiro para oferecer como dote. Meu pai era falecido, éramos uma família desamparada. Além disso, eu não era nenhuma beldade e já estava velha para um casamento, ou seja, também não possuía grandes atrativos. Talvez fosse uma boa combinação. De qualquer forma, eu me sentia infeliz. Se recusasse, a relação com o benfeitor de meu pai ficaria estremecida, então talvez fosse melhor... Pouco a pouco, comecei a me inclinar em aceitar. Era embaraçoso admitir, mas me senti alegre, até a ponto de ficar ruborizada. As conversações terminaram e dei uma resposta positiva diretamente ao benfeitor de meu pai.

Fiquei feliz com o casamento. Genuinamente feliz. Serei castigada por isso. Fui bem acolhida. Ele era tímido, parecia ter sido abandonado pela outra mulher, e por esse motivo demonstrava estar temeroso, o que era enervante. Ele não tinha confiança em si mesmo, era franzino e magro, o rosto delgado. Mas era trabalhador. Quando espiei seus desenhos, tive a impressão de já tê-los visto antes. Uma coincidência. Quando o questionei e confirmei minha impressão, senti que me apaixonava por ele pela primeira vez; meu coração batia forte. O desenho das rosas trepadeiras daquela famosa loja de cosméticos em Ginza era uma criação sua. E não era só isso. O desenho das etiquetas dos perfumes, sabonetes, pó facial, etc., bem como os anúncios do jornal, também tinham a sua assinatura! Ele trabalhava para aquela loja havia dez anos e desenhara as etiquetas, os pôsteres e as peças publicitárias de jornais com aquelas rosas exóticas. Hoje, elas são conhecidas até mesmo em países estrangeiros. Mesmo que não saiba o nome da loja, qualquer pessoa que veja uma única vez aquelas rosas entrelaçadas com elegância irá guardá-las na memória. Até mesmo eu tenho a impressão de conhecer aquele desenho com as rosas trepadeiras desde a época da escola secundária. Assim, passei a me sentir estranhamente atraída por ele. Depois de ter me formado, sempre consumi os cosméticos daquela loja, podia dizer que era uma de suas fiéis consumidoras. No entanto, nunca me ocorreu pensar no criador daquelas obras. Posso parecer uma pessoa negligente, mas isso não acontece só comigo, qualquer um que olhe para aqueles lindos anúncios no jornal provavelmente não se pergunta quem os desenhou. O artista fica à sombra, não é verdade? Fiz essa descoberta pouco tempo depois de me casar. E ela me deixou feliz.

— Adoro esse logotipo desde a escola secundária! Foi você quem o desenhou, não foi? Fiquei tão feliz de saber! Que sorte! Mantivemos uma relação a distância por dez anos. Estava destinada a me casar com você! — brinquei. Seu rosto ficou vermelho.

— Não diga bobagens! É só um trabalho artesanal — replicou ele, piscando os olhos, claramente embaraçado, a seguir rindo constrangido com uma expressão triste.

Eu não me importava que ele se subestimasse, mas ele se incomodava muito com a questão da sua escolaridade, com o fato de ter tido um relacionamento anterior e com a sua aparência franzina. Mas, então, que dizer de mim, uma mulher de rosto redondo? Tínhamos ambos baixa autoestima, nos sentíamos desconfortáveis, nossas faces estavam, por assim dizer, cheias de rugas de mortificação. Às vezes, sentia que ele gostaria que eu fosse mais carinhosa, mas eu era aquela "senhorinha" sem graça de vinte e oito anos e, além disso, o menosprezo que ele sentia por si próprio também acabava me contagiando. Eu ficava constrangida, não conseguia ser espontânea e demonstrar afeto, mesmo sentindo vontade. Ao contrário, minha reação era séria, até mesmo fria, e isso o deixava desconfortável. Eu percebia e ficava ainda mais irritada e distante. Ele também tinha claro conhecimento de minha baixa autoestima e, de vez em quando e de forma inesperada, tecia elogios desajeitados ao meu rosto, aos motivos de meu quimono. Eu compreendia sua atenção para comigo, mas aquilo não contribuía, eu acabava emotiva e desamparada, com vontade de chorar. Ele era uma boa pessoa. Não havia nem sombra da outra mulher em nossa vida. Felizmente, nem me lembrava daquele fato. Mesmo a casa na qual morávamos tinha sido alugada depois do casamento. Ele vivia sozinho em um apartamento em Akasaka antes, e aquele imóvel devia lhe trazer más recordações. Talvez por uma amável consideração à minha pessoa, ele se desfez de todos os móveis e utensílios domésticos e trouxe apenas seus instrumentos de trabalho para nossa casa em Tsukiji. Eu tinha pouco dinheiro, dado por minha mãe. Compramos os móveis aos poucos, eu trouxe o futon e o guarda-roupa da casa de minha família em Hongo, e não via a sombra daquela mulher em lugar nenhum. Era difícil acreditar que ele tinha vivido seis anos com ela. De fato, acho que se ele não se menosprezasse desnecessariamente e me tratasse com mais confiança, gritasse e me pressionasse, talvez eu fosse capaz de agir de forma espontânea e ser afetuosa com ele. Nosso lar com certeza seria mais alegre, mas ambos tínhamos consciência de nossa feiura e isso se transformava em um empecilho. Eu não entendia seu complexo de inferioridade. Por mais que dissesse ter completado apenas a escola elementar, seu nível cultural não era diferente do de alguém com formação universitária. Seu gosto musical era muito bom e, quando não estava trabalhando, lia com avidez obras de autores estrangeiros de que eu nunca tinha ouvido falar; além disso, era o criador daquelas rosas mundialmente famosas. Às vezes, ele ridicularizava a própria pobreza. Entretanto, nos últimos tempos, havia bastante trabalho e a entrada de dinheiro não era ruim. Cem, duzentos ienes. O suficiente para uma visita recente às termas de Izu. Por outro lado, o fato de minha mãe ter pagado pelo futon, pelo guarda-roupa e por outras coisas para a casa ainda o incomodava. Seu incômodo acabava por me deixar envergonhada, era como se eu tivesse feito algo ruim, sem falar que não passavam de coisas ordinárias, mas eu me sentia tão mal que ficava sempre a ponto de chorar. Havia noites em que eu era assaltada por pensamentos horríveis e achava que ter casado por compaixão havia sido um equívoco. Precisava de alguém mais forte! Pensamentos infiéis e abomináveis inundavam minha mente, eu era uma pessoa detestável! Pela primeira vez, a dor de ter casado e desperdiçado o esplendor de minha juventude era tão lancinante que quase me fazia morder a própria língua, queria reparar aquilo de alguma forma. Quando jantávamos juntos, em silêncio, me sentia tão miserável que contorcia meu rosto com vontade de chorar segurando o hashi e a tigela nas mãos. Mas era tudo um capricho meu. Eu, uma mulher tão sem atrativos, lamentando a juventude ida, que absurdo! Só rindo mesmo. O que eu possuía já era uma felicidade maior do que merecia. Precisava me lembrar disso. Fiquei caprichosa, por isso acabei com essa erupção repulsiva. Talvez devido à pomada, ela não se espalhou mais, e tratei de me recolher mais cedo rezando para que melhorasse até o dia seguinte.

Deitada, me pus a refletir e fiz uma descoberta curiosa. Apesar de nunca ter tido medo de doenças, tinha horror, um grande horror de problemas de pele. Enfrentaria qualquer dificuldade, poderia ficar pobre, mas não queria ter uma pele imperfeita. Preferia perder uma perna ou um braço a ser vítima disso. Em uma aula de biologia da escola secundária, enquanto estudava os vários tipos de micróbios que causavam doenças de pele, sentia meu corpo todo coçar, queria arrancar as páginas do livro com as fotos daqueles germes e bactérias. A insensibilidade de minha professora era odiosa; não, nem mesmo ela tratava daquele tema com indiferença. Era sua função permanecer estoica e fingir naturalidade enquanto ensinava, mas, quando eu pensava que devia ser esse o caso, sua falta de escrúpulos aumentava terrivelmente a minha agonia. Depois da aula, houve uma discussão com minhas colegas. O que era pior: sentir dor, cócegas ou coceira? Fui enfática, disse que a coceira era a pior coisa. E não é verdade? Há um limite natural para a dor e para as cócegas. Se alguém é agredido, se sofrer algum corte ou se lhe fizerem cócegas, quando o sofrimento atingir seu limite, a pessoa com certeza perderá a consciência. E, perdendo a consciência, entrará no mundo dos sonhos. Estará morto. Assim, terá escapado do sofrimento. Há algum mal para quem está morto? No entanto, a coceira se assemelha ao movimento das ondas, que se elevam e se desfazem, repetidas vezes, produzindo movimentos retilíneos; inflamam-se lentas, incansáveis, e o sofrimento não chega a atingir o seu ápice, não há perda de consciência, e também acredito que ninguém morra de coceira, então seria preciso aguentar essa agonia por toda a eternidade. Não importa o que digam, não há sofrimento pior do que o da coceira. Se fosse torturada na antiga corte de Justiça, ferida, agredida, ou mesmo se me fizessem cócegas, eu não confessaria. Com certeza, me deixaria desmaiar e, depois que esse processo se repetisse duas ou três vezes, provavelmente acabaria morrendo. Confessar, isso é algo que se faça? Daria minha vida para proteger o esconderijo dos patriotas. Mas se trouxessem um pedaço de bambu cheio de pulgas, piolhos ou outros parasitas, e dissessem que iriam soltá-los sobre as minhas costas, meus cabelos ficariam em pé e, com o corpo trêmulo, pediria que tivessem piedade de mim. Heroína? Que nada! Juntaria as mãos e imploraria. É uma ideia tão pavorosa que chego a dar um pulo só de imaginar. Quando disse isso às minhas colegas durante o intervalo, elas concordaram sem objeções. Quando nossa professora nos levou ao Museu de Ciências em Ueno, dei um grito na sala de espécimes do terceiro andar e, mortificada, caí em prantos. Representações de parasitas da pele do tamanho de um caranguejo se enfileiravam nas estantes. Queria gritar "malditos!" e esmagar todos eles com um bastão. Não consegui dormir por três noites depois disso, sentia coceiras, perdia o apetite. Não gosto nem mesmo de crisântemos. Aquelas pétalas agrupadas lembram outra coisa. Mesmo as irregularidades dos troncos das árvores fazem com que sinta meu corpo inteiro coçar. Não entendo como os outros conseguem comer ovas de salmão. Conchas de ostras. Cascas de abóbora. Caminhos de cascalho. Folhas carcomidas por insetos. Cristas de aves. Gergelim. Tecidos com manchas de tinta. Tentáculos de polvo. Folhas de chá usadas. Camarões. Colmeias de abelha. Morangos. Formigas. Sementes de lótus. Moscas. Escamas. Detesto tudo isso. Até *furiganas*.[2] Eles parecem piolhos. Frutos de *gumi* e das amoreiras, detesto ambos. Já tive vontade de vomitar vendo fotos ampliadas da Lua. Bordados, não consigo tolerá-los dependendo do motivo. Tenho tanto horror às moléstias da pele que, naturalmente, tomo muito cuidado, nunca tinha tido nenhuma erupção até aquele momento. Depois de casar, ia todos os dias ao banho e esfregava o corpo energicamente com farelo de arroz, talvez até de forma exagerada. Estava angustiada e incrédula com o aparecimento daquelas erupções. O que eu havia feito de errado? Deus, isso era demais! Infligir a mim aquilo que mais abomino... Será que não havia outras doenças? Era como se tivessem dado um tiro certeiro em um alvo dourado, sem dúvida, eu havia despencado no abismo que mais temia. Não cabia em mim de tanta perplexidade.

Na manhã seguinte, ainda estava um pouco escuro quando despertei, fui até a penteadeira e não pude reprimir um gemido. Estava monstruosa! Aquela não era eu!

---

2. Letras kana do silabário fonético japonês impressas ao lado dos ideogramas para auxiliar na leitura destes.

Parecia que tinha esfregado o corpo inteiro com tomates, havia furúnculos do tamanho de grãos de soja muito mais pavorosos do que antes, no pescoço, no peito, na barriga. Era como se chifres ou cogumelos tivessem brotado em toda a superfície de meu corpo sem poupar nenhuma área. Tive vontade de rir. Aquilo havia se espalhado até as minhas pernas. Um ogro. Um demônio. Não era uma pessoa. Queria morrer. Não podia chorar. Não seria nada bonito ficar chorosa com aquela aparência nojenta, pareceria um caqui maduro esmagado, ridículo, vergonhoso, a cena seria de uma miséria sem fim. Não podia chorar. Não diria nada. Ele ainda não sabia. Não iria lhe mostrar. Com aquela pele infecta, eu não valia nada. Era um lixo. Escória. Nem mesmo ele seria capaz de me consolar. E eu não queria ser consolada. Iria desprezá-lo se viesse com gentilezas. Não queria aquilo! Iria me separar! Ele não podia ser gentil, nem me ver, nem ficar ao meu lado! Ah, queria uma casa maior, muito maior! Queria viver em um quarto bem isolado pelo resto da vida! Seria melhor não ter me casado! Não precisava ter vivido até os vinte e oito anos. Devia ter morrido aos dezenove, quando tive pneumonia. Se tivesse morrido naquela época, não teria que passar por essa dolorosa, vexatória e nefasta provação. Fiquei sentada com os olhos firmemente fechados sem me mexer, a respiração irregular. Enquanto permaneci assim, até meu coração parecia ter adquirido características demoníacas, tudo se aquietou, eu não era a mesma pessoa de ontem. Levantei-me como um animal e vesti meu quimono. Era grata àquele traje. Ele era capaz de esconder um corpo, não importava quão feio fosse. Fui até o varal, encarei o sol com um olhar severo e, sem querer, dei um profundo suspiro. Ouvi as instruções dos exercícios matinais tocando em algum rádio. Abatida, comecei a segui-las. "Um, dois...", repetia em voz baixa, fingindo estar bem-disposta. Comecei a me achar insuportavelmente patética, incapaz de prosseguir, e tive vontade de chorar. Além disso, talvez por ter movimentado o corpo de forma abrupta, os nódulos linfáticos do pescoço e das axilas começaram a doer e, quando os toquei de leve, estavam endurecidos e inchados. Ao me dar conta daquilo, não consegui mais ficar em pé e desabei no chão. Por causa da feiura, sempre fui reservada, à sombra, vivia escondida; por que tinha que sofrer daquela maneira? Fervia com uma indignação enorme, lancinante.

— Então você estava aqui! Não fique desanimada! — Ouvi-o murmurar suavemente às minhas costas. — Como está? Houve alguma melhora?

Minha intenção era dizer que sim, mas retirei a mão direita que ele depositara com gentileza sobre meu ombro e me levantei.

— Quero voltar para a casa da minha mãe! — foi o que acabei dizendo, confusa, não sabia o que fazer ou dizer, não acreditava em mais nada, nem em mim mesma, nem no universo, em nada.

— Deixe-me ver. — Ouvi sua voz perplexa e abafada como se ela chegasse de algum lugar remoto.

— Não! — Afastei o corpo. — Estou com nódulos aqui — eu disse, com as mãos nas axilas, desatando a chorar sem reservas e histericamente. O que pode haver de adorável em uma mulher feia, de rosto redondo, de vinte e oito anos, aos prantos? Sabia que aquela era uma cena horrorosa, mas as lágrimas jorravam com maior intensidade, até comecei a babar, uma imagem lastimável.

— Vamos, não chore! Vou levá-la ao médico! — Sua voz nunca soou tão forte e decidida.

Ele não foi ao trabalho naquele dia. Examinou os anúncios do jornal e decidiu me levar ao médico, um dermatologista famoso cujo nome eu já tinha ouvido uma ou duas vezes. Enquanto vestia um quimono para sair, perguntei:

— Terei que mostrar o corpo inteiro?

— Sim — respondeu, com um sorriso tranquilizador. — Você não deve pensar que o médico é um homem.

Enrubesci. Estava um pouco mais animada.

O sol brilhava quando saímos. Eu tinha a impressão de ser uma taturana asquerosa. Queria que o mundo mergulhasse na escuridão noturna até que eu sarasse.

— Não quero pegar o trem. — Era a primeira vez que eu dizia algo tão caprichoso após o casamento. A erupção já se estendia até as costas de minhas mãos. Certa vez, vi dentro do trem uma mulher com mãos tão horríveis quanto as minhas e fiquei com a impressão de que as alças penduradas no interior do vagão estavam sujos e poderiam me contaminar. Agora que minhas mãos estavam tão prejudicadas quanto às daquela mulher, o sentido da expressão "chorar por seus infortúnios" nunca tinha me atingido com tanta força.

— Eu sei — respondeu, com o semblante alegre, me pondo no carro. Era uma corrida bem curta desde Tsukiji até o hospital atrás da loja de departamentos Takashima, mas sentia que estava dentro de um veículo funerário.

Observava, ausente, as pessoas vestidas com roupas de início de verão nas ruas, mulheres e homens livres de erupções como as minhas. Era até estranho.

    Quando chegamos ao hospital e entramos na sala de espera, tive a impressão de que ali também era um outro mundo, um cenário totalmente diferente; me lembrei de uma peça que assistira no pequeno teatro de Tsukiji havia muito tempo chamada *Abismo*. Lá fora era tudo tão verde e brilhante, enquanto ali dentro, por alguma razão, e apesar da luz do sol, estava um pouco escuro. Senti uma umidade fria, um odor acre penetrou em minhas narinas. Cegos com as cabeças baixas se aglomeravam em todos os lugares. Bem, não eram exatamente cegos, mas pareciam sofrer de alguma deficiência. Fiquei espantada com o grande número de pessoas idosas. Sentei-me na ponta de um banco próximo da entrada, abaixei a cabeça e fechei os olhos como se tivesse morrido. De repente, comecei a suspeitar que eu devia ser a paciente com a pior doença de pele no meio daquela multidão; abri os olhos assustada, levantei o rosto e dei olhadelas furtivas na direção de cada um dos pacientes e, de fato, não havia ninguém com uma erupção tão perceptível quanto a minha. As especialidades do médico eram duas, dermatologia e uma outra, que eu não conseguia pronunciar com indiferença, por tratar de uma doença com nome desagradável — sabia daquilo porque tinha lido a placa na entrada do hospital. Um jovem bonito com ar de ator de cinema ali sentado não tinha nenhuma erupção visível, seu problema provavelmente não era dermatológico, talvez ele tivesse vindo pela outra especialidade. Comecei a achar que todos aqueles outros moribundos sentados na sala de espera com a cabeça baixa estavam ali devido àquela doença.

— Vá dar uma volta. Este lugar é deprimente.

— Ainda vai demorar um pouco, não? — Ele estava em pé ao meu lado, parecendo aborrecido.

— Sim. Acho que serei chamada por volta do meio-dia. Este lugar é sujo. Não fique aqui. — Eu mesma fiquei espantada com a gravidade de minha voz. Ele assentiu com a cabeça, sem protestar.

— Você não vem junto?

— Não. Está tudo bem — sorri —, me sinto melhor aqui.

Empurrei-o para fora da sala de espera. Estava mais calma, voltei a me sentar no banco e apertei os olhos. Quem olhasse de lado julgaria que eu tinha ares presunçosos, uma "senhorinha" absorvida em meditações tolas. Mas me sentia mais confortável assim. Parecendo uma morta. Tive uma sensação estranha ao pensar aquilo. Comecei a ficar apreensiva. "Todos têm segredos." Parecia que alguém havia sussurrado aquelas palavras junto aos meus ouvidos e fiquei inquieta. Essa erupção talvez fosse... Minha pele ficou arrepiada quando tive aquele pensamento, a gentileza dele comigo, a falta de confiança, tudo não teria a mesma origem? Seria possível? Por mais estranho que pareça, era a primeira vez que eu me incomodava por não ser a sua primeira mulher, e isso me angustiou. Fui enganada! O casamento era uma fraude! Ideias horríveis vieram à minha mente, queria correr atrás dele e lhe dar uns tapas. Que coisa estúpida, não é mesmo? Fui para a sua casa tendo conhecimento daquele fato desde o início e, apesar disso, não ser sua primeira mulher me deixava de súbito ressentida, injuriada, com a sensação de que havia algo irremediável. De repente, a ideia daquela mulher ocupou minha mente com força, era realmente a primeira vez que ela me ocorria com tanto temor e ódio, até então eu nunca havia pensado nela dessa maneira. Com os olhos cheios de lágrimas, eu lamentava meu alheamento anterior. Esse sofrimento, será que era isso que chamavam de ciúme? Se fosse isso, o ciúme era uma loucura incurável, uma loucura do corpo. Sem nenhum sentido estético, extremamente feia. Ainda havia infernos desconhecidos para mim neste mundo. Não queria continuar vivendo! Desfiz o embrulho sobre o meu colo às pressas me sentindo miserável, retirei um romance, abri uma página aleatória e comecei a ler. *Madame Bovary.* A triste vida de Emma sempre me reconfortava. Achava a história de sua decadência extremamente feminina e natural. Como os fluxos de água que se dirigem às planícies ou o corpo que se entrega à lassidão da fadiga. As mulheres são assim. Têm segredos que não podem revelar. São assim "por natureza". Decerto todas têm seus pântanos lodosos. Posso afirmar isso com franqueza. Para as mulheres, cada dia é tudo. São diferentes dos homens. Não pensam no que haverá depois da morte. Não ficam especulando. Desejam apenas a beleza de cada momento. Apreciam a vida, a sensação de viver. As mulheres amam tigelas e quimonos com belos desenhos porque são essas coisas que dão sentido à nossa vida. Vivem cada momento. Não precisam de mais nada. Se um grande pragmatismo refreasse a má conduta e a volubilidade das mulheres com firmeza e as expusesse implacavelmente, sentiríamos um alívio em nosso corpo, mas as mulheres, esses demônios insondáveis, são intocáveis e altivas, eis a origem das tragédias que ocorrem. Apenas um grande e profundo pragmatismo poderia de fato nos salvar. Para ser franca, o coração das mulheres é capaz de se ocupar sem problemas de outro homem um dia depois do casamento. Não é possível ignorar o que há em seus corações. "Meninos e meninas não devem sentar juntos após os sete anos", de repente, aquele velho ditado me atingiu com seu enorme senso de realidade. A moralidade japonesa era de um realismo brutal, o espanto quase me deu vertigens. Todos sabiam. Os pântanos estavam todos expostos, aquela ideia me deu certo alívio e me fez sentir revigorada, mesmo com este corpo horrendo, cheio de erupções, ainda era uma "senhorinha" com muita sensualidade, me permiti rir com tristeza de mim mesma, e continuei a leitura por algum tempo. Rodolphe aproximou-se ainda mais de Emma e, rapidamente, murmurou palavras doces em seu ouvido. Minha cabeça estava em outro lugar enquanto lia e acabei sorrindo sem querer. Tive ideias bizarras. E se Emma tivesse erupções naquele momento? Aquilo era uma hipótese a considerar, pensei com seriedade. Decerto Emma rejeitaria os avanços de Rodolphe. Sua vida seria completamente diferente. Com certeza! Ela teria resistido até o fim. Ora, era a única coisa que podia fazer com o corpo naquele estado! E não se trata de uma comédia, a vida das mulheres é decidida por um corte de cabelo, pelos desenhos de um quimono, pela sonolência ou por pequenas variações corporais. A vontade de dormir, o fato de a babá ter feito as crianças ficarem em silêncio ou, acima de tudo, uma erupção de pele como a minha, podem provocar uma grande reviravolta no destino de uma mulher, um relacionamento pode ser alterado. Na noite anterior ao casamento, uma erupção pode surgir de forma inesperada e se espalhar com rapidez do peito para os quatro membros, e então? É possível. Uma erupção realmente não pode ser evitada mesmo que todos os cuidados sejam tomados, parece depender apenas da disposição dos céus. É possível sentir a má vontade divina. Uma mulher vai receber o marido que retorna ao país depois de cinco anos no píer de Yokohama e, enquanto espera ansiosa, um furúnculo roxo desponta de súbito em sua preciosa face. Ao examiná-lo, a feliz esposa se transforma em um monstro pavoroso. Tragédias assim são possíveis. Os homens parecem não se importar com erupções, mas as mulheres vivem pela pele. Mulheres que dizem o contrário mentem. Eu não sabia muito sobre Flaubert, mas ele parecia ser um realista bastante escrupuloso. Quando Charles vai beijar o ombro de Emma, ela grita: "Afaste-se! Meu vestido ficará amassado!" Com toda essa atenção aos detalhes, por que ele não escreveu nada sobre as doenças de pele nas mulheres? Seria um sofrimento incompreensível para um homem? Ou Flaubert, sendo Flaubert, compreendia-o perfeitamente, mas, por considerar o assunto impróprio para um romance, ignorava-o e se mantinha a distância? Mas se manter a distância era desonesto, desonesto. Se eu tivesse uma erupção pavorosa repentina na noite anterior ao casamento ou pouco antes de reencontrar meu marido, toda saudosa depois de cinco anos de espera, eu poderia morrer. Sairia de casa e me perderia. Cometeria suicídio. As mulheres vivem cada instante apenas pela alegria proporcionada pela beleza. Pouco importa o amanhã... A porta se abriu um pouco e vi o rosto de meu marido, que parecia um esquilo. Ele me questionou com o olhar. "Ainda?", perguntava. Chamei-o com um gesto de mãos.

— Sabe — comecei a dizer, mas minha voz tinha um timbre vulgar, alto e agudo, e encolhi os ombros tentando falar mais baixo —, quando uma mulher acredita que o amanhã não importa, isso não é revelador de toda a sua feminilidade?

— O quê? — perguntou ele. Ri de sua confusão.

— Eu me expressei mal. Esqueça! Depois de ficar sentada aqui por algum tempo, sinto que sou outra pessoa. Estar nesta situação não me faz bem. Sou fraca e vulnerável diante de determinadas situações. Eu me tornei vulgar. Meu coração apodreceu, se corrompeu, é como se eu tivesse me transformado em uma... — comecei, mas terminei por me calar. "Uma prostituta" foi o que pensei em dizer. A palavra que jamais deveria sair da boca de uma mulher. E que, ao menos uma vez, invariavelmente nos atormenta. Quando perdemos todo o nosso orgulho, sempre nos lembramos dela. Depois da erupção, meu próprio coração se transformou em um demônio, comecei a compreender um pouco o meu quadro, me achava sem graça, feia, e agia como se não tivesse nenhuma autoestima, no entanto, minha pele era a única coisa pela qual nutria uma afeição secreta, meu único orgulho. A humildade, a modéstia, a docilidade, as coisas de que supostamente me orgulhava, de repente não passavam de falsificações. Compreendi ser uma mulher patética que vivia como uma cega, que vivia de esperanças e temores proporcionados pelos sentidos, pelas sensações. E, por mais aguçados que os sentidos e as sensações fossem, ainda eram aspectos inatos, sem relação com a inteligência. Aquilo não passava de uma imbecilidade.

Eu havia me enganado. Acreditava que a sutileza de minhas sensações fosse elevada e a confundia com inteligência; mas, no fundo, será que eu não era condescendente comigo mesma? Enfim, não passava de uma mulher tola e ignorante.

— Pensei em muitas coisas. Sou uma idiota! Estou completamente louca!

— Não exagere. Eu compreendo — respondeu ele com um sorriso cúmplice, parecendo mesmo compreender. — É a nossa vez!

Entramos na sala de exame conduzidos pela enfermeira, desamarrei o *obi* e, sem pestanejar, me despi até a cintura, olhei para meu seio e ele parecia uma romã. Mais do que pelo médico sentado à minha frente, me sentia muito mais incomodada em ser vista pela enfermeira em pé atrás dele. Médicos não parecem ser gente. Eu não conseguia ler as expressões de seu rosto. Ele também não se ocupava de mim como se eu fosse uma pessoa.

— É uma intoxicação, você deve ter comido alguma coisa que lhe fez mal — decretou com uma voz tranquila depois de me examinar de todos os lados.

— Há cura? — perguntou meu marido.

— Sim.

Eu estava distante quando ouvi aquilo, como se estivesse em outra sala.

— Ela não parava de chorar, achei melhor trazê-la para ser examinada.

— Logo estará curada. Vamos aplicar uma injeção. — O médico se levantou.

— É um procedimento simples? — quis saber meu marido.

— Sim, é.

Deixamos o hospital depois de eu receber a injeção.

— Minhas mãos já melhoraram. — Eu olhava para elas sob a luz do sol a todo momento.

Está feliz?

Fiquei envergonhada ao ouvir aquela pergunta.

Sem que ninguém saiba

— Ninguém sabe, mas... — começou a senhora Yasui, rindo um pouco, ela que tinha quarenta e um anos — foi um acontecimento estranho. Ocorreu na primavera, quando eu tinha vinte e três anos, portanto, há quase vinte. Pouco antes do grande terremoto de 1923. A região de Ushigome não era muito diferente do que é hoje. A rua principal ficou um pouco mais larga e metade do jardim de minha casa foi desapropriada para dar lugar a uma estrada. Havia um lago, mas ele também desapareceu; as mudanças foram basicamente essas. Ainda hoje, é possível ver o monte Fuji da varanda do segundo andar e ouvir a corneta dos soldados de manhã e no final da tarde. Quando meu pai era prefeito na província de Nagasaki, ele foi convidado a assumir o posto de chefe de distrito em Ushigome. Era o verão de meus doze anos e minha mãe ainda estava viva. Meu pai era natural de Tóquio, de Ushigome. Meu avô era de Morioka, Rikuchu.[1] Ele chegou sozinho a Tóquio sem propósito definido e exerceu atividades um pouco temerárias, era um meio-termo entre um político e

---

1. Antiga província do Japão, equivalente em grande parte à atual prefeitura de Iwate.

um comerciante, acho que poderia ser considerado um homem de negócios; de todo modo, foi bem-sucedido e, na meia-idade, comprou esta vila e pôde relaxar. Não sei se é verdade ou mentira, mas Takashi Hara[2], vítima daquele terrível evento na estação de Tóquio, ocorrido há muitos anos, também era natural de Morioka; meu avô era mais velho e possuía muito mais experiência política, tinha alguma influência junto a Takashi Hara, que visitava esta casa todos os anos para cumprimentar meu avô no Ano-Novo mesmo depois de se tornar uma pessoa importante, mas essa história não é muito confiável. Por quê? Porque quando ele a contou, eu tinha doze anos, era a primeira vez que vinha a esta casa com meus pais, meu avô morava sozinho em Ushigome até então e era um velho de aspecto sujo já passando dos oitenta. Até aquele momento, meu pai sempre havia trabalhado como servidor público e vivíamos nos deslocando de um lado a outro cada vez que ele era designado para um novo posto: Urawa, Kobe, Wakayama, Nagasaki. Nasci em Kansha, em Urawa, e foram bem poucas as vezes que visitei a casa de Tóquio, por isso tinha pouca familiaridade com meu avô. Mesmo depois que nos estabelecemos aqui pela primeira vez e passei a conviver com ele, tinha a impressão de que meu avô era um estranho, um velho bastante indecente. Além disso, tinha um acentuado sotaque do nordeste do Japão em suas palavras, de modo que eu não entendia muito bem o que ele dizia e isso, sem dúvida, comprometeu

---

2. Político japonês. Primeiro-ministro do Japão entre 29 de setembro de 1918 e 4 de novembro de 1921. Foi assassinado na estação de Tóquio.

nossa intimidade. Eu não conseguia me afeiçoar a ele, mas, por sua vez, ele tentava me agradar empregando todos os meios de que dispunha. A história de Takashi Hara foi contada em uma noite de verão, com meu avô se sentando de pernas cruzadas em um banco do jardim enquanto abanava seu leque. Ela logo me aborreceu, então dei um bocejo exagerado, que ele notou pelos cantos dos olhos e, de repente, mudando o tom de voz, disse: "A história de Takashi Hara não tem graça nenhuma! Vou falar sobre as sete maravilhas de Ushigome, na Antiguidade...", e começou sua narrativa em voz baixa. Era um velho ardiloso. Por isso, não acho que a história de Takashi Hara seja confiável. Mais tarde, questionei meu pai e ele deu um sorriso um pouco sem graça. "Pode ser que ele tenha visitado esta casa ao menos uma vez, seu avô não mente", explicou ele com gentileza e afagou minha cabeça. Meu avô morreu quando eu tinha dezesseis anos. Não gostava dele, mas chorei bastante no dia do enterro. Foi uma cerimônia cheia de pompa, talvez por isso tenha chorado. No dia seguinte, quando fui à escola, os professores expressaram seu pesar e chorei cada vez que isso ocorreu. Meus colegas também demonstraram uma grande solidariedade, o que me deixou pouco à vontade. Ia para a escola secundária em Ichigaya a pé. Naquela época, eu era feliz como uma pequena rainha, muito mais do que merecia. Nasci quando meu pai tinha quarenta anos e trabalhava como chefe do Departamento de Educação em Urawa, não tive irmãos mais velhos nem mais novos, era filha única, assim, recebi muita atenção de meus pais e das pessoas ao meu redor. Achava que eu era uma criança tímida e solitária, digna de pena, entretanto hoje penso que eu não passava de uma criança egoísta e arrogante. Assim que entrei na escola secundária de Ichigaya, fiquei amiga de Serikawa. Naquele tempo, achava que a tratava com gentileza e consideração, mas, ao olhar para trás com imparcialidade, vejo que eu era muito arrogante. Eu a tratava bem, mas via nossa amizade com indiferença. Serikawa era obediente e concordava com tudo o que eu dizia, eu era a heroína impetuosa e ela era meu fiel escudeiro. Sua casa ficava em frente a minha, será que você a conhece? Lembra-se de uma confeitaria chamada Kagetsudo? Sim, ela continua em atividade até hoje. O bolinho da lua, com uma castanha no meio do recheio de doce de feijão, continua sendo uma de suas especialidades. As gerações mudaram, hoje é o irmão mais velho de Serikawa quem a administra, ele trabalha com diligência da manhã até a noite. Sua esposa também parece ser muito trabalhadora, ela está sempre sentada junto ao balcão recebendo os pedidos ao telefone e distribuindo tarefas para os aprendizes. Serikawa encontrou um bom rapaz e se casou três anos depois que terminamos a escola secundária. Ouvi dizer que ela vive em Kyongsong, na Coreia. Não a vejo há quase vinte anos. Seu marido é um belo rapaz que estudou em uma escola particular de Mita e agora administra um jornal relativamente importante na Coreia. Serikawa e eu continuamos a nos frequentar por algum tempo depois da escola secundária, mas, quando digo "frequentar", devo admitir que nunca fui à casa de Serikawa, era sempre ela quem vinha me visitar, nossas conversas quase sempre girando em torno de romances. Serikawa gostava de ler escritores como

Soseki e Roka desde a época em que estudávamos e as suas redações sempre foram maduras e bem escritas. Quanto a mim, eu era completamente nula nesse sentido. Não tinha nenhum interesse pelos livros. Assim mesmo, depois que saí da escola, tomava emprestado os romances que Serikawa ocasionalmente trazia e, enquanto os lia em meus momentos de tédio, comecei a compreender um pouco o que os tornava interessantes. No entanto, Serikawa dizia que os livros de que eu gostava não eram muito bons, mas, por outro lado, aqueles que ela dizia serem recomendáveis não faziam sentido para mim. Eu gostava dos romances históricos de Ogai. Serikawa ria dos meus gostos e dizia que eu era antiquada. Segundo ela, Takeo Arishima era muito mais profundo do que Ogai. Ela trouxe dois ou três livros de Arishima, mas, mesmo que eu os lesse, não conseguia entender nada. Se voltasse a lê-los hoje, talvez tenha uma impressão diferente, mas as obras de Arishima trazem apenas discussões sem importância, eu não via graça nenhuma nelas. Com certeza, eu era uma filisteia. Havia muitos escritores em ascensão na época: Saneatsu Mushanokoji, Shiga, Jun'ichiro Tanizaki, Kan Kikuchi e Akutagawa e, dentre estes, eu gostava dos contos de Naoya Shiga e Kan Kikuchi. Serikawa também ria de mim por causa disso, avaliando que o conteúdo deles era pobre, mas as obras com muita teoria não me serviam. Cada vez que ela aparecia, trazia um novo exemplar de uma revista ou coletâneas de textos e descrevia os enredos dos romances ou contava boatos sobre os escritores; eu achava que ela demonstrava um entusiasmo exagerado pelo assunto, estranhava aquilo até que, por fim, descobri o possível motivo de seu entusiasmo. Quando duas amigas se tornam um pouco mais íntimas, elas logo mostram seus álbuns de fotografia uma para a outra. Um belo dia, Serikawa trouxe um grande álbum para me mostrar, e, enquanto eu observava uma foto após a outra, me limitava a responder com monossílabos às suas explicações exageradamente detalhadas. Até que vi a de um estudante muito bonito em pé, segurando um livro diante de um jardim de rosas. "Que belo rapaz!", exclamei sem querer e, por alguma razão, senti o rosto corar. "Não olhe!", gritou Serikawa, tomando de imediato o álbum de minhas mãos. Logo adivinhei do que se tratava. "Deixe disso, eu já vi mesmo", comentei com calma, e Serikawa de repente começou a sorrir, parecendo feliz. "Você adivinhou? Preciso ser mais cuidadosa! É verdade? Você soube só de olhar? Nós nos conhecemos na época da escola secundária", pôs-se rapidamente a explicar. Eu não sabia de nada e fiquei ouvindo-a contar toda a história sem nenhuma omissão. Ela era uma pessoa boa e inocente. O belo estudante da foto e Serikawa trocaram algumas palavras no que poderia ser chamado de uma seção de correspondência de amantes da literatura — existe isso? — de uma revista que publicava contribuições dos leitores. Enfim, simpatizaram um com o outro — que saberia uma filisteia como eu? — e, a partir de então, passaram a trocar cartas diretamente. Depois da formatura da escola secundária, os seus sentimentos se aprofundaram e os dois decidiram ficar juntos. Ele era o segundo filho de uma família que possuía uma companhia de navegação em Yokohama, um gênio da Universidade de Keio que prometia ser um grande escritor no futuro.

Serikawa contou várias coisas, mas achava aquilo arriscado e até mesmo indecoroso. Por outro lado, meu peito palpitava e se turvava de inveja, mas eu me esforçava para que nada transparecesse em meu rosto. "Que bom, Serikawa! Mas não é melhor fazer tudo da forma correta?", eu disse, e ela ficou sensivelmente ofendida. "Você é malvada! Há um punhal escondido em seu peito, você sempre me trata com um frio desdém. Acha que é alguma deusa?" Era a primeira vez que ela me atacava daquela maneira. "Desculpe, não a trato com desdém, se pareço fria é porque não fui favorecida pela natureza, sempre sou mal interpretada. Na verdade, o que me preocupa na história de vocês é que seu namorado é muito bonito, talvez seja inveja minha", acabei dizendo o que pensava tal qual. Ao ouvir aquilo, Serikawa se animou e seu bom humor voltou a despontar. "É verdade! Meu irmão mais velho é a única pessoa para quem contei tudo e ele também disse a mesma coisa. Ele é absolutamente contrário ao nosso relacionamento, diz que eu devia dar um passo de cada vez até chegar ao casamento, meu irmão é um pragmático contumaz, então é natural que diga esse tipo de coisa, mas pouco me importa sua oposição. Ficaremos juntos depois que ele se formar na primavera do próximo ano, uma decisão que cabe apenas a nós dois", explicou, excitada, e sua atitude decidida lhe dava uma graça particular. Limitei-me a concordar com um sorriso forçado. Sua inocência era admirável, eu a invejava, achava meu caráter antiquado, mundano e insuportavelmente desprezível. Depois dessa revelação, nosso relacionamento não foi mais o mesmo. As mulheres são estranhas: se um homem se imiscui entre elas, por mais íntimas que sejam, o comportamento de ambas logo se torna cerimonioso e elas acabam por se distanciar. Claro que nosso relacionamento não mudou de forma tão radical, mas nossa atitude passou a ser mais reservada, nossos cumprimentos se tornaram mais formais e conversávamos menos. Comportávamo-nos como adultas. Evitávamos mencionar o incidente da foto e, nesse meio-tempo, o ano chegou ao fim. Serikawa e eu atingimos a primavera de nossos vinte e três anos, e foi bem nessa época, no final do mês de março desse ano, que o incidente ocorreu. Por volta das dez horas da noite, minha mãe e eu costurávamos o paletó de meu pai no quarto quando a empregada abriu a porta corrediça devagar e fez um sinal pedindo que me aproximasse. "Eu?", questionei-a com o olhar e ela balançou a cabeça duas ou três vezes com ar grave. "O que foi?", perguntou-lhe minha mãe, após levantar os seus óculos até a altura da testa. A empregada tossiu um pouco. "O irmão da senhorita Serikawa gostaria de ter uma palavra com a senhorita", informou ela com dificuldade, tossindo mais duas ou três vezes a seguir. Eu me levantei prontamente e fui ao corredor. Adivinhava o que tinha acontecido. Sem dúvida, devia ser alguma coisa relacionada a Serikawa. Dirigi-me à sala de visitas. "Não, ele está na cozinha", orientou a empregada em voz baixa, e, como se tivesse que tratar de um assunto de extrema urgência, dobrou levemente os joelhos e correu na minha frente. O irmão de Serikawa sorria em pé na semiobscuridade da porta da cozinha. Nós nos víamos todas as manhãs e todas as tardes na época da escola secundária, ele sempre em pé, trabalhando diligentemente junto com os outros aprendizes na loja. Mesmo depois que terminei os estudos, ele aparecia em casa ao menos uma vez por semana para entregar alguma encomenda de doces, tínhamos alguma familiaridade e eu gritava: "Mano, Mano!", quando o recebia. No entanto, era a primeira vez que ele aparecia tão tarde; além disso, para querer conversar comigo e me chamar de maneira furtiva, o segredo de Serikawa enfim devia ter vindo à tona. Eu estava nervosa.

— Eu não tenho visto sua irmã ultimamente — fui logo dizendo, antes que ele me perguntasse qualquer coisa.

— Então você sabe? — Ele pareceu perplexo por um momento.

— O quê?

— Ah! Ela desapareceu. Que tola! Da literatura não podia esperar nada de bom mesmo. Você tinha conhecimento de alguma coisa?

— Sim, disso... — as palavras ficaram presas em minha garganta — eu sabia.

— Eles fugiram juntos. Mas suspeito onde possam estar. Ela não disse nada nos últimos dias?

— Não, nós nos distanciamos muito nos últimos tempos. Não sei por quê. Você não quer entrar? Gostaria de perguntar tantas coisas!

— Obrigado, mas não posso. Preciso procurar minha irmã.

Observando-o melhor, notei que ele vestia um paletó e carregava uma mala.

— Você sabe onde estão? — perguntei.

— Sim, eu sei. Preciso dar uma surra naqueles dois e depois fazer com que se casem, não acha? — disse ele e deu uma risada despreocupada antes de partir.

Fiquei em pé na porta da cozinha, com ar ausente, vendo-o se afastar, depois retornei ao quarto. Ignorei o olhar inquisitivo de minha mãe, me sentei em silêncio e dei dois ou três pontos na manga que costurava. Então, me levantei outra vez, dirigi-me às pressas ao corredor, calcei os tamancos, saí pela porta da cozinha e corri sem me importar com minha aparência. Não sabia o que sentia. Até hoje não sei. Estava decidida a ir atrás do irmão de Serikawa e não me separar dele até a morte. Isso não tinha nenhuma relação com o incidente de sua irmã, apenas gostaria de encontrá-lo mais uma vez, faria qualquer coisa, se estivesse com ele, iria para qualquer lugar. Desejava que ele fugisse comigo, que me fizesse em pedaços, esses pensamentos me consumiam com ardor naquela noite. Percorria as ruelas escuras em silêncio como um cão, às vezes tropeçava e cambaleava, ajeitava minha roupa e continuava correndo, calada, lágrimas caindo dos meus olhos, uma sensação como a de estar nas profundezas do inferno. Quando cheguei ao ponto do bonde de Ichigaya, totalmente sem fôlego, meu corpo ofegava e as coisas pareciam envoltas por uma névoa escura na frente de meus olhos, por certo prestes a um desmaio. Não havia nem sombra de alguém no ponto. O bonde devia ter acabado de passar. "Mano!", gritei com todas as minhas energias. Reencontrá-lo era a única coisa que eu desejava. Nada. Apenas silêncio. Segurei as duas mangas junto ao peito e voltei. Ajeitei minhas roupas no caminho e cheguei em casa. Abri a porta corrediça do quarto em silêncio. "Aconteceu alguma coisa?", perguntou minha mãe, me observando com um olhar desconfiado. "Serikawa desapareceu, não é terrível?", respondi com indiferença e retomei a costura. Minha mãe parecia desejar fazer mais perguntas, mas mudou de ideia e continuou costurando. Essa é toda a história. Como já mencionei antes, Serikawa e o estudante de Mita fizeram um belo casamento e agora moram na Coreia. Conheci meu atual marido no ano seguinte. Reencontrei o irmão de Serikawa depois disso, mas era como se nada tivesse acontecido. Ele é o atual proprietário da confeitaria Kagetsudo e tem uma esposa miúda e graciosa, e os negócios parecem ir bem. Até hoje, ele continua a vir em casa ao menos uma vez por semana para entregar as encomendas de doces. Nada mudou. Será que acabei adormecendo naquela noite enquanto costurava e tive um sonho? Para um sonho, pareceu desagradavelmente real. Você compreende? Parece mentira! Mas não conte isso a ninguém. Você sabe, minha filha vai para o terceiro ano da escola secundária.

O grilo

Estou me separando de você. Você abusou das mentiras. Talvez eu também tenha defeitos. No entanto, não tenho como saber quais são os meus próprios defeitos. Já cheguei aos vinte e quatro anos. Com essa idade, mesmo que alguém diga quais são os meus defeitos, não é mais possível corrigi-los. Teria que morrer e ressuscitar como Cristo para isso. Mas é um grande pecado falar sobre minha própria morte, de modo que, para não ter que morrer, estou me separando de você, e durante algum tempo pretendo viver da forma como considero adequada. Você me assusta. Talvez, nesta sociedade, sua forma de viver seja a correta. Mas não consigo viver assim. Faz cinco anos que cheguei a sua casa. Nosso *miai* ocorreu na primavera dos meus dezenove anos, e logo fui para a sua casa sem levar nada. Posso revelar isso agora, mas meu pai e minha mãe não aprovavam nosso casamento. Meu irmão mais novo, que tinha acabado de entrar na universidade, perguntava: "Está tudo bem, mana?", como se fosse um adulto. Ele estava inquieto. Não contei até hoje isto a você, pois achei que ficaria contrariado, mas naquela época recebi duas propostas de casamento. Já não lembro muito bem, mas ouvi dizer que uma delas era de uma pessoa que tinha acabado de se formar em direito na Universidade Imperial, filho de uma família rica que aspirava à carreira diplomática ou algo parecido. Vi a foto dele. Tinha uma expressão despreocupada e alegre. Foi recomendado por minha irmã mais velha de Ikebukuro. A outra proposta era de um engenheiro na faixa dos trinta que trabalhava na empresa do meu pai. Já faz cinco anos, então não me lembro em detalhes, mas acho que ele era o filho mais velho de uma família também abastada, uma pessoa que parecia ser confiável. Meu pai o aprovava, aliás, tanto ele quanto minha mãe apoiavam-no abertamente. Acho que não cheguei a ver uma foto dele. Sei que essas coisas não importam, e ficarei aborrecida se você rir, mas estou lhe contando aquilo de que me lembro sem esconder nada. Não tenho nenhuma intenção de ofendê-lo com essas revelações. Por favor, acredite, e não me leve a mal. "Se tivesse me casado com alguém melhor seria mais feliz." Não, um pensamento assim desleal e estúpido nunca passou pela minha cabeça! Não consigo imaginar outra pessoa além de você. Ficarei chateada se você rir. Falo sério! Por favor, me ouça até o fim. Naquela época, e ainda hoje, nunca tive vontade de me casar com outra pessoa além de você. Que isso fique claro! Sempre detestei a procrastinação mais do que qualquer coisa desde criança. Naquele tempo, meu pai, minha mãe e até minha irmã de Ikebukuro diziam que eu deveria ao menos marcar um *miai* com meus pretendentes. Mas sentia que um *miai* seria o mesmo que marcar uma data para o casamento, dar uma resposta não era tão fácil. Não tinha a menor vontade de me casar com nenhum daqueles dois. Se não havia nenhuma objeção a fazer em relação a eles como todos diziam, ambos poderiam muito bem encontrar outras boas esposas além de mim, então aquela ideia me parecia desestimulante. Queria me casar com alguém para quem não houvesse mais ninguém neste mundo além de mim (você rirá por eu dizer isso). Bem naquela época, ocorreu aquele incidente a seu respeito. Foi realmente canhestro. Meu pai e minha mãe ficaram contrariados desde o início. Tajima, o vendedor do antiquário, foi ao escritório de meu pai para negociar um quadro e, após as conversações de praxe, disse: "Este artista fará sucesso. O que acha? Ele não daria um bom genro?" Meu pai fez de conta que não ouviu o comentário e comprou o quadro. Que acabou exposto na parede da recepção. Dois ou três dias depois, não é que o mesmo Tajima retorna e diz que agora a proposta era séria? Que falta de tato! Que Tajima intermediasse uma proposta de casamento já era absurdo, mas o que esperar do homem que tenha pedido para que ele fizesse isso? Meus pais ficaram chocados. No entanto, quando lhe perguntei depois, descobri que você não sabia de nada e que fora tudo obra do fiel Tajima! Você deve muito a ele. Seu sucesso atual também se deve a ele. Tajima agiu por conta própria e se ocupou de seus negócios. Ele realmente o tinha em alta estima, não? Nunca o esqueça! Quando ouvi falar naquela proposta atrevida, me espantei um pouco, mas tive vontade de conhecê-lo. Fiquei estranhamente feliz. Um dia, fui até a empresa de meu pai escondida para ver o quadro. Será que já lhe contei isso? Fiz de conta que ia falar com meu pai, entrei na recepção e fiquei observando atentamente o seu quadro sozinha. Era um dia muito frio. Não havia calefação, permaneci em pé tremendo em um canto enquanto olhava para o seu quadro. Um pequeno jardim com uma varanda iluminada pelo sol. Não tinha ninguém sentado na varanda, só havia uma almofada branca. Um quadro composto apenas de azul, amarelo e branco. Enquanto o observava, tremia tanto que quase não consegui continuar de pé. Pensei que ninguém mais além de mim poderia compreendê-lo. Falo sério, por isso não ria! Nos dois ou três dias seguintes, meu corpo continuou tremendo. Tinha que me tornar sua esposa! Era embaraçoso sentir o corpo febril por um motivo tão inapropriado, mas pedi permissão para a minha mãe. Ela ficou contrariada. Mas eu estava decidida e não desisti, dei minha resposta diretamente a Tajima. "Bravo!", exaltou ele em voz alta, então se levantou, tropeçou na cadeira e caiu. Ninguém riu. Acho que você sabe o que ocorreu depois. Em casa, sua reputação ia piorando à medida que os dias passavam. Sua saída da cidade natal na região do Mar Interior de Seto sem a permissão de seus pais para vir a Tóquio, a total alienação em relação a seus pais e familiares, o consumo de álcool, o fato de você nunca ter exposto nenhum quadro, a sua simpatia pela esquerda, o fato de não sabermos se você concluiu a escola de artes e vários outros pontos nebulosos, cujas fontes ignoro, foram enumerados por meus pais. No entanto, devido à zelosa intervenção de Tajima, acabamos realizando um *miai*. Minha mãe me acompanhou até o segundo andar da casa de chá Senbiki. Você era exatamente como eu imaginava. A alvura do punho de sua camisa branca me impressionou. Quando levantei o pires com a xícara de chá, meu corpo começou a tremer terrivelmente, a colher tilintava sobre o pires e eu não sabia o que fazer. Ao voltarmos para casa, minha mãe listou mais coisas negativas sobre você. Ela se irritou por você ficar fumando sem lhe dirigir a palavra. E também repetia que suas feições eram desagradáveis. Que não tinha futuro. Mas eu decidi que viveríamos juntos. Fiquei amuada por um mês e, ao final, saí vitoriosa. Conversei com Tajima e cheguei a sua casa sem levar quase nada. Não houve um período mais feliz do que os dois anos em que vivemos no apartamento de Yodobashi. Cada dia era preenchido com os planos para o dia seguinte. Você não tinha nenhum interesse em exposições ou nos nomes dos grandes mestres, pintava o que tinha vontade. Quanto mais pobres nos tornávamos, mais era tomada por um estranho sentimento de felicidade, a casa de penhores e a loja de livros usados que eu frequentava despertavam uma nostalgia de terras distantes. Quando não tínhamos mais dinheiro nenhum, ficava contente de ter a oportunidade de pôr toda a minha perseverança à prova. Ora, as refeições da época em que não tínhamos dinheiro eram as mais divertidas e saborosas! Eu não inventava bons pratos um atrás do outro? Agora, isso perdeu a graça. Quando penso que posso comprar o que quiser, perco toda a inspiração. Mesmo quando vou à feira, nada me ocorre. Compro as mesmas coisas que as outras mulheres e volto para casa. Depois que você ficou inesperadamente famoso e deixamos o apartamento de Yodobashi para nos mudarmos para esta casa em Mitaka, a diversão acabou. Não tenho mais como demonstrar minhas habilidades. De repente, você ficou eloquente e passou a ser ainda mais zeloso comigo, mas tenho a impressão de que sou um gato criado por você, e não me sinto bem com isso. Nunca imaginei que você pudesse fazer sucesso. Sempre pensei que você seria pobre até a morte, pintaria os quadros que quisesse, seria desprezado por todos, mas que isso não o afetaria e não abaixaria a cabeça para ninguém, bebendo seu saquê de vez em quando, e passando a vida sem nunca se deixar contaminar pelo resto do mundo. Foi estupidez minha? Entretanto, naquela época, e ainda hoje, acredito que deva haver um homem assim neste mundo. Como a coroa de louros dele deve ser invisível aos outros, certamente deve ser considerado um imbecil, sem que haja alguma mulher disposta a se tornar sua esposa e a cuidar dele, mas eu o faria e o serviria por toda a existência. Eu achava que você fosse esse anjo. Acreditava que ninguém além de mim seria capaz de compreender isso. Ah, mas então... De repente, você virou famoso. Por alguma razão, morro de vergonha disso.

Não fico ressentida pelo seu sucesso. Todas as noites, agradeço a Deus por seus quadros incrivelmente tristes serem apreciados por mais pessoas a cada dia. Fico tão feliz que poderia chorar. Você pintou o que sentia vontade durante os dois anos no apartamento de Yodobashi. O jardim dos fundos, as paisagens noturnas de Shinjuku. Quando o dinheiro acabava, Tajima aparecia, levava dois ou três quadros, e deixava uma quantia significativa de dinheiro. Mas, naquele tempo, você ficava triste quando Tajima levava os quadros e não se importava nem um pouco com dinheiro. Cada vez que Tajima vinha, ele me chamava furtivamente ao corredor. "Obrigado, aqui está!", dizia, em tom sério, se curvando e depositando um envelope branco em meu *obi*. Você fazia de conta que aquilo não lhe dizia respeito e eu não era tão mesquinha a ponto de verificar o conteúdo do envelope em seguida. Se não houvesse dinheiro, tudo bem, continuaríamos vivendo. Também nunca lhe revelei quanto Tajima nos dava. Não queria maculá-lo. Nunca lhe disse que precisava de dinheiro ou pedi para que ficasse famoso. Acreditava que alguém tão pouco eloquente e desajeitado como você (me desculpe!) passaria longe da fama. Mas era só fingimento, não é mesmo? Por quê? Por quê?

A partir do momento em que Tajima veio com aquela ideia de uma exposição individual, por alguma razão você passou a cuidar da aparência. Primeiro, foi ao dentista. Tinha tantas cáries que, quando ria, parecia um velho, embora aquilo não o incomodasse; e quando eu o aconselhava a procurar um dentista, você respondia: "Não é necessário. Se ficar sem dentes, boto uma dentadura. Se andar por aí com dentes de ouro, vou acabar atraindo as mulheres!", dizia, brincando, e nunca tratava dente nenhum. O que o fez mudar de ideia? Você saía vez ou outra entre as pausas do trabalho e retornava com um, dois dentes dourados. Quando eu disse: "O que é isso? Dê uma risada!", seu rosto barbudo ficou vermelho. "Foi Tajima, ele ficou insistindo...", você se justificativa, evasivo.

A exposição individual ocorreu no outono de nosso segundo ano em Yodobashi. Eu estava feliz. Como poderia não estar com o fato de seus quadros serem apreciados pelo maior número possível de pessoas? Sabia que seria assim. No entanto, os jornais fizeram tantos elogios, os quadros em exposição foram todos negociados e até artistas renomados lhe dirigiram cartas, aquilo era demais, e a verdade é que acabei ficando assustada. Você e Tajima insistiam para que eu fosse até a galeria para ver a exposição, mas eu permanecia na sala tricotando com o meu corpo inteiro trêmulo. Só de imaginar vinte, trinta quadros seus enfileirados sendo apreciados por uma multidão, já tinha vontade de chorar. Chegava a pensar que um acontecimento tão bom, tão repentino, pudesse ser mau presságio. Rezava todas as noites. "A felicidade que nos foi dada já é suficiente, tudo o que peço é que proteja meu marido para que ele não adoeça e que nada ruim lhe ocorra." Essa era minha prece. A convite de Tajima, todas as noites você visitava casas de artistas aqui e ali. Às vezes, retornava na manhã seguinte. Particularmente isso não me incomodava, mas você acabava me contando, em detalhes, o que tinha ocorrido na noite anterior. Dizia que o professor tal perguntara qual era a sua opinião sobre determinado assunto e que você respondera que aquilo era uma tolice, coisas assim. Conversas superficiais que tinham pouca relação com você, que até então sempre fora taciturno. Nunca o ouvi falar mal de alguém durante os dois anos que vivemos juntos. Mas quando esse professor pedira sua opinião, você não ficou todo cheio de si e se comportou como se aquilo não tivesse a menor importância? Ao me contar essas coisas, você tentava dizer que não tinha feito nada que tivesse que esconder de mim na noite anterior, mas eu preferia que se expressasse de forma mais aberta em vez de dar explicações evasivas e tímidas. Não cresci ignorante ao que ocorre no mundo, preferia que fosse franco porque, mesmo que isso me causasse sofrimento por um dia inteiro, eu logo ficaria bem. Afinal, sou sua esposa. Não confio muito nos homens nesse sentido, mas não o estou questionando. Não me preocupo nem um pouco em relação a isso, pois posso suportar sorrindo. Há coisas muito piores.

 Então nos vimos inesperadamente ricos e você se tornou um homem ocupado. Foi aceito pela associação de artistas e passou a ter vergonha de nosso pequeno apartamento. Tajima vivia sugerindo que nos mudássemos. "O que os outros vão pensar de um artista que mora em um apartamento como este? E, o mais importante, permanecendo aqui, o valor de seus quadros não vai aumentar. Faça um esforço e alugue uma casa maior", instruía ele. Aquilo me desagradou, mas você acabou concordando. "É verdade, se eu permanecer neste apartamento, os outros farão pouco de mim!" Fiquei surpresa e muito triste com as coisas de mau gosto que você disse com tanta veemência. Tajima percorreu a cidade de bicicleta até encontrar nossa casa atual em Mitaka. No final do ano, nós nos mudamos para esta casa grande demais com nossos poucos móveis. Você passou pela loja de departamentos sem me avisar e adquiriu uma grande quantidade de móveis elegantes. Enquanto os produtos iam sendo entregues uns após os outros, senti um aperto no coração de angústia. Agora, não éramos diferentes de quaisquer outros novos-ricos que existiam aos montes por aí. No entanto, me esforcei tremendamente em parecer alegre. Sem que me desse conta, me tornei uma daquelas "madames". Você começou a falar em ter uma empregada, mas isso eu não podia admitir e recusei. Não suporto a ideia de empregar outras pessoas para me servirem. Assim que nos mudamos, você mandou imprimir trezentos cartões de Ano-Novo que também serviriam para informar o nosso novo endereço. Trezentos! O número de suas relações aumentou enormemente. Você dava os primeiros passos sobre uma corda bamba, e eu ficava apavorada. Com certeza, alguma coisa ruim estava para acontecer. Você não era o tipo de pessoa que obtinha sucesso se associando de forma tão mundana. Era o que eu pensava, ficava apreensiva e passava os dias inquieta. Mas você não deu nenhum passo em falso e, ao contrário, apenas coisas boas se sucederam. Será que eu tinha me enganado? Até minha mãe passou a vir aqui e, cada vez que nos visitava, trazia meus quimonos, a caderneta do banco, etc. Ela sempre estava de muito bom humor. Meu pai, que a princípio não tinha gostado do quadro na recepção da empresa e o enfiara no depósito, acabou por levá-lo para casa, trocou a moldura por uma melhor e o pendurou em seu escritório. Minha irmã mais velha de Ikebukuro estreitou as relações comigo e passou a me mandar cartas. O número de visitantes também aumentou bastante. Às vezes, a sala ficava lotada. Nessas ocasiões, podia ouvir sua voz animada da cozinha. Você se tornou bastante tagarela! Antes, eu pensava que você ficava quieto por supostamente ser muito erudito e achar as conversas banais, e que por isso preferisse ficar calado, mas eu estava errada, não é mesmo? Você é capaz de dizer trivialidades na frente dos outros. Repete a opinião que ouviu de alguém no dia anterior sem mudar uma palavra, como se ela fosse autenticamente sua, e com ar circunspecto. Menciono minhas impressões ao ler um romance e, no dia seguinte, eu o ouço dizer para uma visita: "O próprio Maupassant temia a fé…" Minha opinião, tola, repetida tal qual! Às vezes, eu entrava com o chá e ficava tão constrangida que não conseguia me mover. Antes, você era completamente ignorante, não é verdade? Perdoe-me. Eu também sou ignorante, mas as palavras que emprego são minhas, você não é nem um pouco circunspecto e ainda por cima se apropria do que acabou de ouvir de terceiros como se fossem ideias suas! Apesar disso, por mais estranho que pareça, é bem-sucedido. Naquele ano, o quadro pintado para a associação ganhou até mesmo um prêmio do jornal. Elogios estratosféricos se empilhavam, eu tinha até vergonha de mencionar as expressões empregadas: "transcendente", "austeridade", "contemplação", "melancolia", "súplica", "Chavannes"[1] e tantas outras. Ao comentar o artigo do jornal com as visitas, você dizia impassível que, em geral, o que escreviam era correto. Como pôde se manifestar assim? Não vivemos com "austeridade". Olhe para nossa caderneta de poupança! Depois que viemos para esta casa, você mudou por completo e passou a falar em dinheiro. Quando alguém encomenda um quadro, você faz questão de dizer o valor sem hesitar. "Prefiro deixar isso claro para que não haja nenhum problema depois, é melhor para ambas as partes", é o que costuma justificar aos potenciais compradores. Isso me dá uma sensação ruim. Por que você se importa tanto com dinheiro? Acredito que, se pintar bons quadros, a vida, de uma forma ou de outra, seguirá seu rumo. Pinte bons quadros e viveremos com humildade e

---

1. Pierre Puvis de Chavannes (1824-1898), pintor francês ligado à corrente impressionista.

simplicidade longe dos olhos dos outros, não há nada melhor do que isso. Não preciso de dinheiro ou de qualquer outra coisa. Quero viver com discrição, com um orgulho enorme e altivo dentro do peito. Você passou até a examinar os valores que carrego comigo! Quando recebe dinheiro, você o separa e o põe dentro de sua grande carteira e de minha pequena carteira. Cinco notas de alto valor na sua, uma nota de alto valor dobrada em quatro dentro da minha. O restante é depositado na agência do correio e no banco. Eu apenas observo. Um dia, me esqueci de fechar a gaveta da estante de livros onde é guardada a caderneta do banco com a chave e, quando você descobriu, ficou de mau humor e me repreendeu vivamente, o que me deixou abatida. Quando vai receber o dinheiro da galeria, você só retorna três dias depois. Chega bêbado no meio da noite, abre a porta fazendo barulho e, assim que entra, começa a gritar: "Ei, guardei trezentos ienes, venha checar!" Fico tão triste! O dinheiro é seu, não precisa se preocupar com quanto gasta. Você deve ter vontade de esbanjar e se divertir de vez em quando. Se gastar tudo, acredita que eu ficarei decepcionada? Não ignoro o valor do dinheiro, mas não vivo pensando apenas nele. Voltar para casa com uma expressão orgulhosa por economizar meros trezentos ienes, isso me deixa triste. Não penso nem um pouco em dinheiro. Também não fico pensando no que gostaria de comprar, comer ou ver. Os móveis da casa poderiam ser todos compostos de artigos descartados, eu poderia tingir e remendar meus quimonos, não preciso de novos. Daria um jeito de viver. Não gosto de comprar nem mesmo um cabide novo. É uma extravagância. De vez em quando, você me leva para a cidade e paga uma nota por comida chinesa, mas eu não acho ela nem um pouco saborosa. Não consigo me acalmar, fico intimidada, acho um desperdício, uma extravagância. Mas se você construísse a treliça para o pé de bucha, isso sim me deixaria mais feliz do que os trezentos ienes ou a comida chinesa. Como o sol do lado oeste bate forte na varanda, uma treliça para o pé de bucha melhoria muito a situação. Já cansei de pedir que faça isso, mas você diz que é melhor chamar um jardineiro e não quer sujar as mãos. A ideia de recorrer a um jardineiro como se eu fosse uma gra-fina não me agrada. Quero que você faça o trabalho, mas a sua resposta é sempre: "Farei isso no próximo ano." Conclusão, nada foi feito até hoje. Você não vê problema em esbanjar com as suas coisas, mas não liga para os outros. Não me lembro de quando foi isso. Seu amigo Amemiya veio dizer que a esposa estava doente, você me chamou até a sala e perguntou se havia dinheiro em casa, com uma expressão séria. A pergunta era bizarra e sem cabimento, não sabia o que responder. Meu rosto ficou vermelho e hesitei. "Diga a verdade, se der uma vasculhada por aí, acho que deve encontrar ao menos vinte ienes, certo?", comentou, com ar de troça. Fiquei estupefata. Meros vinte ienes! Observei seu rosto. Você moveu uma das mãos como se afastasse meu olhar. "Deixe disso e me dê o dinheiro, não seja muquirana!", disse e se voltou para Amemiya. "É duro ser pobre em situações como esta, não é mesmo?", foi seu comentário, aos risos. Fiquei tão chocada que não consegui dizer nada. A "austeridade" passa bem longe de você. "Melancolia", onde ela se encontra? Não há nem sombra dessa bela palavra em sua vida! Você é o contrário de tudo isso, um homem egoísta e indolente! Você não fica cantando "*Oitokosodayo*"[2] no banheiro em voz alta todas as manhãs? Acabo ficando com vergonha por causa dos vizinhos! "Súplica" e "Chavannes", que desperdício vocabular! "Transcendente." Você não percebe que só consegue viver em meio à adulação de seus seguidores? Você é chamado de "Professor" pelas visitas e ataca o trabalho dos outros. Diz que não há ninguém que se iguale a você. Mas, se acreditasse mesmo nisso, acho que não precisaria falar mal dos outros com tanta veemência para obter aprovação. Seu desejo é ser aprovado, nada mais. "Transcendente" uma ova! É de fato necessário que todos o admirem? Você é um mentiroso! Quando deixou a associação no ano passado e criou o grupo "Neorromântico", ou coisa que o valha, não imagina quanto isso me angustiou. Ora, você não reuniu todas aquelas pessoas de quem costumava rir e falar mal pelas costas? Você não tem nenhuma firmeza de propósito! Será que sua forma de viver é a correta? Quando Kasai aparece, vocês dois falam mal de Amemiya, escarnecem e riem dele, agora, quando Amemiya está aqui, você o trata com gentileza e o classifica como seu melhor amigo, pondo tanta emoção nas palavras que é impossível imaginar que esteja mentindo e, logo em seguida, começa a reclamar do comportamento de Kasai. Será que todas as pessoas bem-sucedidas fazem a mesma coisa? Agem assim, sem titubear? Isso é aterrador, espantoso! Com certeza, algo ruim deveria ocorrer. Seria oportuno que ocorresse. Para o seu bem e para comprovar a existência de Deus, no fundo eu rezava

---

2. Canção popular da província de Miyagi.

para que isso acontecesse. Mas não aconteceu. Absolutamente nada. Como sempre, apenas coisas boas se sucederam. A primeira exposição de seu grupo teve grande repercussão. Os visitantes disseram que seu quadro de crisântemos revelava uma alma pura e exalava o perfume de sentimentos nobres. Como isso era possível? Não conseguia parar de me espantar! No começo deste ano, você me levou pela primeira vez até a casa do professor Okai, um de seus mais fervorosos protetores, para cumprimentá-lo pelo Ano-Novo. Apesar de ele ser um artista famoso, vivia em uma casa menor do que a nossa. Para mim, ele era o artista genuíno. Corpulento e robusto, se sentava com as pernas cruzadas e nem mesmo uma alavanca conseguiria tirá-lo do lugar. Ele me observava fixamente atrás dos óculos e aqueles grandes olhos pareciam pertencer a alguém de fato "transcendente". Meu corpo tremia como na primeira vez em que vi seu quadro na recepção gélida da empresa do meu pai. Ele falava coisas simples, sem afetação. "Oh, sua esposa deve ser de uma família de samurais", comentou, brincando, ao olhar para mim. "Ah, sim, a mãe dela tem mesmo essa ascendência!", respondeu você, sério e orgulhoso. Comecei a suar frio. Como é que minha mãe poderia vir de uma família de samurais? Tanto ela quanto meu pai eram plebeus até a alma! Então você se tornou o tipo de pessoa que, quando é lisonjeada pelos outros, diz coisas como "a mãe dela é nobre". Terrível! Era espantoso que nem mesmo alguém como o professor fosse incapaz de perceber todos os seus embustes. Será que isso ocorria com todos? "Você deve estar trabalhando muito nos últimos tempos, não?", comentou ele, demonstrando simpatia. Eu me lembrei de sua figura cantando "*Oitokosodayo*" aos altos brados pela manhã e, por algum motivo desconhecido, senti uma grande e bizarra vontade de gargalhar. Não tínhamos caminhado nem cem metros depois de deixarmos a casa do professor Okai quando você deu um chute no cascalho e disse: "Maldito! Fica se derretendo pelas mulheres…" Fiquei estarrecida! Você é desprezível! Bajulava aquele professor admirável havia pouco e, instantes depois, já o difamava! Você é louco! Penso em deixá-lo desde esse dia. Não aguento mais. Com certeza, sua conduta se desvirtuou. Algum desastre deveria ter ocorrido. Mas nada ruim aconteceu. Você até se esqueceu de tudo o que deve a Tajima. "Aquele idiota do Tajima outra vez!", diz para seus amigos. De alguma forma, o próprio Tajima soube desse seu comentário. "O idiota do Tajima aparecendo outra vez!", diz ele, com apatia, ao entrar pela porta da cozinha. Sou incapaz de compreendê-los! Onde foi parar seu orgulho? Vou embora. Tenho a impressão de que vocês são até mesmo capazes de se unir para me ridicularizar. Outro dia, você foi ao rádio falar sobre neorromantismo. Eu estava na sala lendo o jornal vespertino quando ouvi seu nome e, em seguida, sua voz. Era como se eu ouvisse um estranho. Uma voz impura e turva. Dava a impressão de pertencer a alguém detestável. Pude julgá-lo com lucidez a distância. Você é uma pessoa ordinária. Mesmo assim, é provável que avance com rapidez e brilho. Que absurdo!

"Devo o que sou hoje a…", desliguei o rádio ao ouvir essas palavras. Qual era a sua intenção afinal? Você devia se envergonhar! "Devo o que sou hoje a…", não repita essas palavras estúpidas outra vez! Você merecia cair.

Tratei de dormir cedo naquela noite. Apaguei a luz e, enquanto estava deitada sozinha com o rosto voltado para cima, um grilo cricrilava com insistência sob as minhas costas. Na verdade, cricrilava no vão entre o assoalho de madeira e o solo, bem embaixo das minhas costas, mas a impressão era que estava no interior da minha espinha. Não queria me esquecer daquele som baixo e tênue, desejava encerrá-lo ali dentro para sempre. Com certeza, neste mundo, você é que está certo, não eu. Embora eu não saiba onde ou de que forma possa estar errada.

Chiyojo

As mulheres não têm salvação. Ou talvez eu é que não tenha. Estou convencida de que não tenho mesmo. Apesar disso, bem lá no fundo do meu coração, sinto que ainda há alguma coisa boa em mim. Por outro lado, algo persistente, sombrio, firmemente enraizado também está à espreita, à minha espera. Isso me deixa confusa. Parece que há uma panela enferrujada sobre a minha cabeça, um peso insuportável. Com certeza, estou louca. Realmente louca. Completarei dezenove anos no próximo ano. Não sou mais uma criança.

Quando eu tinha doze, meu tio Kashiwagi enviou uma de minhas redações como contribuição para a revista *Pássaro Azul*. Ela figurou em primeiro lugar e um dos avaliadores, um professor renomado, a elogiou bastante. Essa foi minha perdição. Tenho vergonha daquele texto. Será que a redação era mesmo boa? Quais seriam suas qualidades? Seu título era "A tarefa", meu pai havia me encarregado de comprar cigarros, e esse foi o tema, nada demais. A mulher da tabacaria me entregara cinco maços de cigarro, todos de embalagem verde. Para variar um pouco, devolvi um deles e pedi para trocar por um pacote vermelho, mas era mais caro e faltou dinheiro. Felizmente, a mulher riu e disse que eu poderia pagar depois. Empilhei os pacotes sobre a mão, o vermelho acima dos verdes, e tive a impressão de segurar uma linda prímula. Meu coração palpitava e era difícil caminhar. Foi sobre isso que escrevi. Um mote um tanto infantil, açucarado. Quando lembro, fico aborrecida. Foi o mesmo tio Kashiwagi quem sugeriu que eu enviasse outra redação para a revista, esta intitulada "Kasuga". Dessa vez, ela não foi publicada na seção de contribuições dos leitores, mas na primeira página da revista, impressa com letras grandes. Minha tia de Ikebukuro tinha se mudado para uma casa com um grande jardim e pediu que eu fosse visitá-la. A casa ficava no bairro de Kasuga, em Nerima. No primeiro domingo de junho, peguei um trem na estação de Komagome, fiz uma baldeação em Ikebukuro e desci na estação de Nerima. No entanto, para onde quer que eu me voltasse, via apenas plantações. Não tinha ideia de onde ficava Kasuga. Os moradores locais diziam desconhecer tal lugar e fiquei com vontade de chorar. Era um dia quente. Por fim, perguntei a um homem de cerca de quarenta anos que puxava uma carreta cheia de garrafas vazias de sidra. Ele deu uma risada tristonha, parou e enxugou o suor que escorria pelo seu rosto com uma toalha já escura de tão suja.

— Kasuga, Kasuga... — murmurou várias vezes enquanto pensava. — Kasuga fica bem longe. Pegue o trem aqui em Nerima, vá até Ikebukuro, faça baldeação e tome um trem para Shinjuku; chegando lá, pegue a linha para Tóquio e desça em um lugar chamado Suidobashi.

Ele não tinha muita fluência em japonês, mas se esforçou ao máximo para me explicar aquele longo trajeto.

Aquela parecia ser a rota para o bairro de Kasuga em Hongo. Ouvindo-o falar, logo adivinhei que ele era coreano. Senti-me extremamente grata por seu esforço. Os japoneses, mesmo sabendo onde fica Kasuga, acham trabalhoso explicar e preferem alegar desconhecimento, mas aquele coreano, ainda que se referisse a outra Kasuga, suou e procurou dar as informações mesmo falando com dificuldade.

— Muito obrigada, senhor — agradeci.

Segui suas instruções, fui à estação de Nerima, peguei a linha que seguia na direção de Tóquio, mas acabei voltando para casa, embora tenha cogitado ir até o bairro de Kasuga em Hongo. Quando cheguei em casa, me sentia triste, uma sensação ruim. Escrevi sobre esse episódio com toda a honestidade. Esse foi o texto publicado na primeira página da revista em letras grandes, que acabou por se transformar em um problema. Minha casa ficava perto do rio Takino, em Nakasato. Meu pai é de Tóquio, mas minha mãe nasceu em Ise. Meu pai dá aulas de inglês em uma faculdade particular. Não tenho irmãos ou irmãs mais velhos, apenas um irmão mais novo de constituição frágil que entrou em uma escola secundária municipal este ano. Gosto da minha família, mas me sinto solitária. As coisas eram melhores antes. Sem dúvida melhores. Eu era mimada por meu pai e por minha mãe, dizia tolices, fazia a casa toda rir. Era gentil com meu irmão, como se espera de uma boa irmã mais velha. Mas, depois que minha redação foi publicada na *Pássaro Azul*, de repente me tornei uma garota covarde e detestável. Até comecei a discutir com minha mãe. Quando "Kasuga" foi publicada, o mesmo avaliador da primeira vez, o professor Iwami, escreveu uma crítica elogiosa duas ou três vezes mais longa do que a anterior. Fiquei desapontada quando a li. Achei que ele estava enganado sobre mim. Ele devia ser uma pessoa de coração mais puro e inocente do que eu. Já na escola, o professor Sawada levou a revista para a sala durante a aula de redação e copiou o texto inteiro de "Kasuga" no quadro-negro, depois passou uma hora me elogiando com entusiasmo, com aquela mesma voz de quem dava broncas. Senti falta de ar, uma névoa escura pairava diante de meus olhos, meu corpo todo parecendo se transformar em pedra. Era uma sensação horrível. Apesar de todos os elogios, eu sabia que não era tudo aquilo que diziam. Se escrevesse uma redação ruim a partir daquele momento, todos ririam de mim e eu passaria vergonha, seria um vexame. Isso era tudo o que me ocorria, e me sentia mortificada. O próprio professor Sawada não tinha um interesse genuíno pela minha redação, ele só se entusiasmara por ter sido publicada na revista com destaque e elogiada pelo renomado professor Iwami. Até uma criança percebia isso. Fiquei ainda mais desapontada e contrariada. Como era de esperar, todos os meus temores foram confirmados em seguida. Houve uma sucessão de acontecimentos difíceis e embaraçosos. De repente, comecei a ser hostilizada pelas colegas da classe. Mesmo Ando, até então a minha melhor amiga, passou a me chamar maldosamente de senhorita Ichiyo[1], senhorita

---

1. Ichiyo Higuchi (1872-1896), famosa escritora do período Meiji (1868-1912).

Murasaki Shikibu[2], com a intenção de me ridicularizar. Ela se afastou e passou a andar com o grupo de Nara e Imai, que antes supostamente detestava. De longe, elas lançavam olhares em minha direção, cochichavam entre si e depois elevavam a voz ao mesmo tempo, com grosserias a meu respeito. Eu nunca mais escreveria uma redação. Não devia ter ouvido o tio Kashiwagi e enviado as contribuições para a revista sem refletir. Tio Kashiwagi é o irmão mais novo de minha mãe. É funcionário público em Yodobashi, fez trinta e quatro ou trinta e cinco anos e teve um filho no ano passado, mas ainda se acha jovem e, de vez em quando, parece que passa da conta na bebida e faz besteiras. Cada vez que ele aparece, minha mãe lhe dá algum dinheiro e ele vai embora. Ela contou que, na época em que entrara na universidade, ele pretendia estudar para se tornar escritor, pois seus conhecidos, já escritores, achavam que ele tinha um futuro promissor nas letras. Mas, devido a más influências, acabou por abandonar o curso pela metade. Ele parece ter lido muitos romances, tanto japoneses quanto estrangeiros. Foi ele quem me fizera enviar aquelas redações mal escritas para a *Pássaro Azul* contra a minha vontade, e depois ficou me atormentando de várias maneiras durante sete anos. Eu detestava romances. Isso mudou um pouco, mas, naquela época, a partir do momento em que minhas redações estúpidas foram publicadas duas vezes seguidas na revista, fui ridicularizada por minhas colegas e tratada de forma diferente pelos professores. Fiquei deprimida e passei a detestar

---

2   Cortesã e autora de *Genji Monogatari* (início do século ix).

redações. Por mais que meu tio me encorajasse, nunca mais enviei outro texto para a revista. Quando ele era insistente demais, eu começava a chorar ruidosamente. Não escrevia nem uma palavra, nem uma única linha durante as aulas de redação, optando por desenhar quadrados, triângulos ou bonecas nas folhas do caderno. Fui chamada à sala dos professores. Acabei repreendida pelo professor Sawada, que disse que eu não devia ser presunçosa, que devia ser mais circunspecta. Aquilo me mortificou. Mas concluí o ensino elementar em seguida e, de certa forma, consegui escapar daquele sofrimento. Entrei em uma escola secundária feminina em Ochanomizu, onde ninguém tinha conhecimento da minha suposta habilidade nas redações ou das publicações na revista, o que era um alívio. Durante as aulas de redação, eu escrevia de forma despreocupada e recebia notas dentro da média. Apenas meu tio Kashiwagi me importunava sem cessar. Todas as vezes que ele nos visitava, trazia três livros. "Leia, leia!", insistia. Mesmo quando eu me dedicava a lê-los, tinha dificuldade para compreendê-los e, em geral, fazia de conta que os tinha lido e os devolvia para meu tio. Quando estava no terceiro ano do secundário, inesperadamente meu pai recebeu uma longa carta do professor Iwami, aquele mesmo da *Pássaro Azul*. Nela, ele dizia que eu tinha um talento que não deveria ser desperdiçado e outras coisas que tenho vergonha de mencionar. Ele se rasgava em elogios e comentava que seria lamentável permitir que um grande talento se perdesse. Perguntava se não seria possível fazer com que eu produzisse um pouco mais. Ele me ajudaria com as publicações em revistas, etc. Suas palavras eram muito cuidadosas e polidas. Meu pai me entregou a carta sem fazer nenhum comentário. Ao lê-la, achei que o professor Iwami era de fato sério e competente. Entretanto, eu conseguia identificar com clareza a interferência de meu tio no conteúdo da carta. Ele deve ter se aproximado do professor Iwami usando alguma artimanha e planejou um meio de fazer com que ele escrevesse aquela carta para meu pai. Só podia ser isso.

— Foi o tio Kashiwagi que pediu para ele escrever essa carta! Tenho certeza disso. Por que será que ele faz essas coisas?

Senti vontade de chorar. Olhei para o rosto de meu pai, e sua expressão revelava que aquilo também não tinha lhe escapado. Ele balançou a cabeça, concordando.

— Kashiwagi não fez isso com más intenções, mas fico em uma posição delicada, pois tenho que dar uma resposta ao professor Iwami — observou, incomodado. Ele não parecia gostar muito do tio Kashiwagi desde o início. Quando minha redação foi selecionada, tio Kashiwagi e minha mãe ficaram eufóricos, mas meu pai os repreendeu e disse ao meu tio que eu não devia ser submetida a estímulos fortes como aquele, foi o que minha mãe me contou mais tarde, com ar contrariado. Ela vivia falando mal do irmão, mas ficava zangada quando o marido dizia uma única coisa negativa sobre ele. Ela era uma boa pessoa, agradável e alegre, mas o irmão, às vezes, era motivo de discórdia. Meu tio era o demônio de nossa casa. Dois ou três dias depois de receber a polida carta do professor Iwami, uma discussão forte aconteceu. Bem na hora do jantar

— O professor escreveu com boas intenções, seria uma descortesia não ir até lá com Kazuko para explicar como ela se sente e pedir desculpas. Uma carta poderia ser mal interpretada e não quero provocar nenhum mal-estar entre nós.

Minha mãe, que ouvia cabisbaixa, parecia refletir:

— Meu irmão é o culpado. Ele sempre causa aborrecimentos a todos — disse ela, levantando o rosto e passando o dedo mindinho da mão direita pelos fios dos cabelos. — Talvez seja estupidez minha, mas, quando Kazuko é elogiada dessa maneira por um professor renomado, me sinto lisonjeada. Se for um talento que possa ser desenvolvido, por que não investir nisso? Você sempre me repreende, mas será que não está sendo muito inflexível? — falou rapidamente e deu um leve sorriso.

Meu pai depositou o hashi sobre a mesa.

— De que adianta desenvolvê-lo? É perda de tempo! O talento literário de uma mulher não tem valor. É um alvoroço momentâneo despertado pela curiosidade que, depois, arruína uma vida inteira. A própria Kazuko está assustada. A melhor coisa para uma mulher é casar e se tornar uma boa mãe. Vocês a usam para satisfazer suas próprias vaidades e ambições — analisou ele, em tom professoral.

Minha mãe parecia não ouvir nenhuma palavra do que ele dizia. Estendeu a mão na direção do braseiro ao meu lado e removeu a panela que estava sobre ele.

— Ai! — gritou, levando o polegar e o indicador de ambas as mãos aos lábios. — Está quente! Acabei me queimando! Mas meu irmão não fez por mal, sabe? — completou, voltando o rosto para o outro lado.

Dessa vez, meu pai pôs a tigela e o hashi sobre a mesa.

— O que preciso dizer para que compreendam? Vocês querem jogar Kazuko aos leões! — gritou.

Ele apertou ligeiramente os óculos e, quando ia dizer mais alguma coisa, minha mãe começou a chorar. Ela enxugou os olhos com o avental e mencionou o salário de meu pai, o dinheiro para a compra de roupas, só assuntos financeiros, sem pudor algum. Meu pai fez um movimento com o queixo, um sinal para que meu irmão e eu fôssemos para outro lugar. Levei meu irmão para o quarto de estudos. Ficamos ouvindo os dois discutindo na sala, e aquilo se prolongou por uma hora. Em geral, minha mãe é muito tranquila e sensata, mas quando explode diz coisas tão rudes que é desagradável ouvi-la. Fiquei triste. No dia seguinte, depois do trabalho, meu pai foi até a casa do professor Iwami para agradecer pela carta e se desculpar. De manhã, ele sugeriu que eu fosse junto, mas fiquei com medo, meu lábio inferior começou a tremer e não me senti em condições de acompanhá-lo. Naquela noite, ele retornou às sete horas. Contou que, apesar de o senhor Iwami ser jovem, era uma pessoa exemplar. Ele compreendia muito bem as suas reservas e foi ele quem acabou pedindo desculpas a meu pai. Na verdade, o professor também não tinha muito desejo de encorajar as mulheres a seguir carreira literária. Não mencionou às claras um nome, mas de fato o tio Kashiwagi parece ter pedido várias vezes que o professor escrevesse a carta e este não teve alternativa. Foi o que meu pai revelou para mim e minha mãe. Belisquei a mão de meu pai, ele apertou os olhos atrás dos óculos e riu. Minha mãe estava calma, como se nada tivesse ocorrido, e concordou em silêncio com todas as explicações dadas por meu pai.

Depois disso, meu tio não apareceu por algum tempo e, quando o fazia, me tratava de forma estranha, distante, e logo ia embora. Esqueci-me completamente das redações. Voltava da escola e cuidava dos canteiros de flores, saía para comprar alguma coisa, ajudava na cozinha, auxiliava meu irmão com os estudos, costurava, fazia as lições, massageava minha mãe. Sempre ocupada, procurava ser útil, eram dias bastante produtivos.

Mas a tempestade finalmente caiu. Foi no quarto ano do secundário. Meu antigo professor da escola elementar, o senhor Sawada, apareceu sem avisar para nos cumprimentar pelo Ano-Novo. Meus pais ficaram contentes com a visita e o receberam com um misto de curiosidade e nostalgia. Ele tinha deixado o emprego havia algum tempo e agora dava aulas particulares aqui e ali. Disse que levava uma boa vida. Mas, sem juízo de valor, achei que ele não parecia nada bem. O professor Sawada devia ter a mesma idade que o tio Kashiwagi, no entanto aparentava ter mais de quarenta, talvez próximo dos cinquenta. Seu rosto sempre pareceu mais velho, porém, durante os quatro ou cinco anos em que não o tinha mais visto, era como se tivesse envelhecido vinte, sua expressão era exausta. Ele ria sem vontade e, quando se forçava a rir, rugas bem evidentes surgiam em seu rosto. Mais do que compaixão, ele despertava minha repulsa. O cabelo, como de hábito, trazia um corte bem curto, mas os fios brancos eram muito mais numerosos. Diferentemente do passado, ele não se cansou de me bajular, me deixando envergonhada e desconfortável. Dizia que eu estava bonita, elegante, e por aí afora. Coisas insuportáveis e claramente obsequiosas. Era como se eu fosse sua superior ou algo do tipo. Empregava palavras de uma polidez excessiva. Ele se voltou para meus pais e começou a falar sobre os meus tempos na escola elementar de forma desagradável e repetitiva. E trouxe à baila a história das redações que eu, a duras penas, vinha tentando esquecer.

— Ela possuía mesmo um grande talento, naquela época eu não tinha muito interesse em redações infantis nem sabia como estimular a mente de uma criança, mas agora é diferente. Fiz muitas pesquisas sobre o assunto e tenho confiança em meu método. O que você acha, Kazuko? Não gostaria de voltar a ter aulas de escrita sob a minha orientação? Eu, com certeza... — Ele bebera saquê demais e falava com exagero e ar solene. — Me dê um aperto de mãos! — insistiu ele, ao final.

Meus pais riram, mas, no fundo, estavam incomodados.

Entretanto, o que o professor Sawada disse enquanto estava bêbado não foi uma brincadeira casual. Dez dias depois, ele apareceu de novo, com uma expressão estranha no rosto.

— Então, vamos começar aos poucos com exercícios básicos de redação — anunciou.

Fiquei desconcertada. Descobri depois que o professor Sawada havia sido demitido da escola por problemas relacionados aos estudos preparatórios dos alunos. Como sua situação financeira não era boa, ele visitava os antigos alunos e forçava os pais a contratá-lo como uma espécie de professor particular e, assim, ter um meio de subsistência. Ele enviou uma carta para minha mãe em segredo logo depois da visita no Ano-Novo, na qual elogiava meu talento literário, comentava que a literatura feminina estava na moda e dava o exemplo de escritoras populares da época. Ele a tentava, e ela, como sempre apreciou minhas redações, terminou respondendo que ele poderia lecionar para mim uma vez por semana. Para o meu pai, explicou que aquela era uma forma de ajudar o professor Sawada. Como ele tinha sido meu professor, meu pai não se sentia em posição de recusar e acabou cedendo, mesmo a contragosto. Eu o via aos sábados, e falava em voz baixa no quarto de estudos. Eram coisas tão estúpidas que me davam desgosto. "Para escrever, primeiro é preciso aprender a usar corretamente as preposições", e outras coisas óbvias que repetia de forma sistemática. "A frase 'Taro brinca com jardim' está incorreta. 'Taro brinca em jardim', também. É preciso dizer 'Taro brinca no jardim'." Eu ouvia aquelas coisas e ria baixinho. Ele dirigia o olhar cheio de represensão sobre mim como se quisesse me perfurar e, depois, dava um suspiro. "Falta-lhe dedicação. Por mais que tenha talento, se uma pessoa não tem dedicação, nunca obterá sucesso em nada. Você conhece uma garota chamada Terada? Ela é um gênio. Nasceu em uma família tão pobre que não tinha dinheiro nem para comprar um único livro, uma vida difícil e cheia de privações. No entanto, era dedicada. Observava o que o professor ensinava e, por isso, pôde escrever todas aquelas obras-primas. O professor também deve ter se sentido muito recompensado. Se você se dedicasse um pouco mais, eu poderia fazer com que você chegasse até onde Terada chegou, ou mais longe. Você cresceu em um meio privilegiado, poderia ser uma escritora ainda melhor. Acredito que, em um ponto, sou superior ao professor de Terada: na educação moral. Você conhece Rousseau? Jean-Jacques Rousseau, século XVIII, não, XVII, ou XIX... Ria quanto quiser! Você confia demais em seu talento e despreza os seus instrutores. Antigamente, havia uma pessoa chamada Gankai na China..." Após uma hora falando esse tipo de coisa, ele se interrompia e dizia que continuaria na próxima aula, como se nada tivesse ocorrido. Deixava o quarto de estudos, conversava com minha mãe na sala de estar e ia embora. Falar mal do professor que me dera aulas na escola elementar não era louvável, mas eu só podia acreditar que ele estava senil. "A descrição é importante em um texto, não é possível saber o sentido pretendido se a descrição não for apropriada", ele dizia obviedades do tipo olhando para um pequeno caderno. "Por exemplo, se tivéssemos que descrever a forma como a neve cai...", começava, guardando o caderno no bolso da camisa e, com ar teatral, passava a observar a neve cair em grande quantidade do lado de fora. "Não podemos dizer que a neve cai 'em abundância'. A forma como a neve cai não estaria bem expressa assim. A neve cai 'sem cessar'. Também não está bom. A neve cai 'como se flutuasse'. O que acha? Não, ainda não é o ideal. 'Com suavidade.' Estamos chegando perto! Cada vez mais nos aproximamos da descrição ideal da neve. Isso é fascinante", e balançava a cabeça sozinho, cheio de admiração, até cruzar os braços. "O que acha de 'gentilmente'? Ou isso seria mais apropriado para descrever uma chuva fina? Continuamos com 'suavemente'?

'Suavemente, como se flutuasse' também seria uma boa descrição. 'Suavemente, como se flutuasse...'", murmurou com os olhos semicerrados, deleitando-se com aquela descrição. Mas o enlevo durou pouco. "Não, ainda pode melhorar! Ah, a neve 'flutua e se dispersa como plumas de ganso', que tal? As expressões antigas são mais precisas! 'Plumas de ganso' é uma definição muito feliz! Você entendeu, Kazuko?", perguntou, voltando-se para mim pela primeira vez. Senti pena e raiva dele ao mesmo tempo, o que me deu vontade de chorar. Suportei aquelas aulas deprimentes e absurdas por três meses, até já não ser mais capaz sequer de olhar para o rosto do professor Sawada. Por fim, disse tudo o que pensava para o meu pai. Pedi que o professor Sawada não viesse mais. Ele não esperava por aquilo. No início, meu pai foi contra a ideia das aulas particulares, mas acabou cedendo diante do argumento de que serviriam para auxiliar o professor a se manter. Ele achava que o professor Sawada me ajudava com as lições escolares, mas não imaginava que se tratava daquelas inconsequentes aulas de redação. Logo houve uma terrível discussão entre meus pais. Ouvia-os discutir na sala, sentada no quarto de estudos, e chorei até não mais poder. Ser o estopim daquele distúrbio fazia com que eu me sentisse a pior filha do mundo. Se fosse assim, preferia estudar redação ou até aprender a escrever romances com todas as minhas forças para fazer minha mãe feliz. Mas eu era inútil. Já não conseguia escrever mais nada. Desde o começo, nunca tive talento literário ou coisa parecida. Até o professor Sawada era mais hábil para descrever a forma como a neve caía do que eu. E, apesar de ser incapaz de fazer qualquer coisa, ri do professor Sawada. Que garota estúpida! "Suavemente, como se flutuasse." Essa descrição jamais me ocorreria. Enquanto ouvia a discussão se estender na sala, concluí que eu era imprestável.

Minha mãe perdeu a discussão e o professor Sawada não voltou a aparecer, mas outros acontecimentos desagradáveis se sucederam. Fumiko Kanezawa, uma garota de dezoito anos de Fukugawa, Tóquio, escreveu um livro que teve grande repercussão entre o público. Vendeu muito mais do que os dos escritores de prestígio, e ela se viu repentinamente rica. Tio Kashiwagi apareceu em casa e contou essa história a minha mãe com uma expressão triunfante no rosto, como se fosse ele próprio quem tivesse enriquecido. Aquilo reavivou o interesse de minha mãe.

— Kazuko, você tem talento para escrever, por que não se dedica a isso? As coisas são diferentes hoje, uma mulher não precisa ficar enfiada dentro de casa. Tome algumas lições com o seu tio e escreva. Diferentemente do professor Sawada, ele frequentou a universidade, e com certeza será uma experiência divertida. Se for possível ganhar tanto dinheiro, até seu pai não veria isso com maus olhos — comentou ela, animada, enquanto arrumávamos a cozinha.

A partir de então, passei a ver tio Kashiwagi quase todos os dias. Ele me puxou até o quarto de estudos e disse que, primeiro, eu devia ter um diário para descrever tudo o que visse e sentisse da forma mais fiel possível. Segundo ele, o diário, por si só, já seria uma grande obra literária. Depois, começou a falar sobre teorias complicadas, mas eu não tinha a menor vontade de escrever e o ouvia sem prestar atenção. Minha mãe estava entusiasmada, mas ela era o tipo de pessoa cujo entusiasmo logo arrefecia; e de fato só durou cerca de um mês, até que se extinguiu por completo. A animação de meu tio, por sua vez, não diminuía, ao contrário, ele dizia, com uma expressão séria, que já era hora de eu escrever um romance.

— Não há mais nada que você possa fazer além de se tornar escritora, Kazuko. Uma garota com uma cabeça tão boa não serve para ser uma dona de casa comum. Largue tudo e se dedique à arte, não lhe resta mais nada a fazer! — sentenciou em voz alta para nós duas, numa ocasião em que meu pai não se encontrava em casa. Minha mãe não pareceu gostar de ouvir o irmão falar aquilo com tanta veemência.

— Ah, mas se for assim, pobre Kazuko! — disse ela, com um sorriso triste.

As palavras de meu tio talvez fossem proféticas. Terminei a escola secundária no ano seguinte e, hoje, ao mesmo tempo que sinto aversão por essa sua profecia demoníaca, alguma coisa dentro de mim diz que talvez ela seja verdadeira. Não tenho salvação. Com certeza, minha cabeça é ruim. Já não sei mais de nada. Depois da formatura, subitamente me tornei outra pessoa. Todos os dias são monótonos. As tarefas domésticas, a jardinagem, as aulas de *koto*[3], ajudar meu irmão com os estudos, tudo parece estúpido. Passo o tempo lendo romances frívolos, escondida de meus pais. Por que os romances tratam apenas das transgressões secretas das pessoas? Nutro fantasias indecentes, me tornei uma mulher torpe. Tenho vontade

---

3. Instrumento musical japonês de cordas, espécie de cítara.

de escrever o que vejo e sinto de modo franco, tal como o tio Kashiwagi havia sugerido e, assim, tentar me redimir perante Deus. No entanto, não possuo essa coragem. Aliás, eu não possuo talento. Isso me dá a sensação insuportável de que há uma panela enferrujada cobrindo minha cabeça. Sou incapaz de escrever qualquer coisa. Mesmo tendo vontade. Outro dia, peguei o lápis e redigi um texto intitulado "A caixa do sono" em meu caderno. Era a descrição de um acontecimento bobo que ocorrera certa noite. Pedi para o meu tio ler. Ele não chegou nem à metade quando largou o caderno.

— Kazuko, esqueça, acho que já está na hora de você desistir de ser escritora! — decretou, com ar aborrecido e expressão séria.

Depois disso, passou a dizer, como se me desse um conselho e com um sorriso irônico, que quem não possui um talento muito especial não serve para a literatura. Agora, até meu pai ri despreocupado e diz que, se eu gosto de escrever, devo tentar. Minha mãe de vez em quando ouve os boatos a respeito de Fumiko Kanezawa, bem como sobre outras jovens escritoras que ficaram famosas de súbito, e ainda se entusiasma.

— Se você quisesse escrever, você escreveria, Kazuko! Mas lhe falta determinação. Na primeira aula de Kaga no Chiyojo[4] com seu mestre de haicai, ele pediu que ela escrevesse sobre o cuco. Ela de pronto redigiu vários haicais e os mostrou para seu mestre, mas ele não ficou satisfeito

---

4. Kaga no Chiyojo (1703-1775) foi uma famosa poeta do período Edo (1603-1867).

com nenhum deles. Chiyojo passou a noite pensando e, quando se deu conta, já amanhecia. Então, escreveu sem refletir muito:

Amanheci repetindo:
Cuco, cuco!
Cuco, cuco!

Quando ela mostrou esse haicai para seu mestre, ele se regozijou e a elogiou pela primeira vez. É preciso ter determinação para fazer o que quer que seja — concluiu minha mãe, bebendo um gole de chá. — "Amanheci repetindo: Cuco, cuco! Cuco, cuco!" — recitou, baixinho. — É realmente esplêndido! — disse ela para si mesma, cheia de admiração.

— Mamãe, eu não sou Chiyojo! Sou uma garota imbecil, incapaz de escrever!

Sentei-me junto ao *kotatsu*[5] para ler uma revista e comecei a sentir sono. Imaginei que ele seria a "caixa do sono" dos seres humanos e fora esse o tema daquele texto que o meu tio não terminou de ler. Eu o reli depois e achei que não tinha mesmo graça nenhuma. Como poderia me tornar uma boa escritora? Ontem, sem que ninguém soubesse, enviei uma carta ao professor Iwami. Pedi que ele não abandonasse uma garota que tinha sido uma promessa literária sete anos atrás. Talvez eu acabe enlouquecendo em breve.

---

5. Braseiro de carvão coberto por um futon ao redor do qual as pessoas se sentam para se aquecer.

A humilhação

Kikuko, fui humilhada! Muito humilhada! Dizer que senti o rosto pegar fogo é pouco! Se eu tivesse saído correndo e rolado pelos campos aos gritos, ainda seria insuficiente. A melhor descrição é a de Samuel, no Antigo Testamento: "Tamar colocou as cinzas sobre a cabeça, rasgou a túnica longa que vestia, pôs as mãos na cabeça e saiu gritando."[1] Pobre irmã Tamar! Quando as jovens se sentem extremamente humilhadas, a vontade realmente é de cobrir a cabeça com cinzas e chorar, não é mesmo? Entendo o sentimento de Tamar!

Kikuko, é exatamente como você disse. Os escritores são a escória. Não, são demônios! Terríveis! Fui muito humilhada. Kikuko, não revelei isto até hoje, mas eu enviava cartas para um escritor chamado Toda em segredo. Nós nos encontramos uma vez e fui humilhada. Um episódio constrangedor!

Contarei tudo desde o início. Em setembro, enviei a seguinte carta a Toda, sabendo que fui muito pretensiosa ao escrevê-la:

---

1. 2 Samuel, 13:19.

Perdoe-me. Escrevo-lhe esta carta consciente de minha impertinência. Seus romances provavelmente não são lidos por nenhuma mulher. As mulheres leem apenas livros que têm muita publicidade. Elas não têm gosto próprio. Seguem uma espécie de vaidade, "os outros leem, então eu também vou ler". Elas têm bastante respeito pelas pessoas que aparentam possuir grande conhecimento. Dão muito valor a argumentações sem sentido. Perdoe-me, mas o senhor não tem ideia do que seja argumentar. Parece não ter estudos. Comecei a ler seus romances no verão do ano passado e creio ter lido praticamente todos eles. E, sem tê-lo encontrado, sei tudo sobre a sua vida, a sua aparência, como se veste. Não é de admirar que não tenha nenhuma leitora. Sua penúria, sua avareza, as brigas infames com a esposa, as doenças ignóbeis, bem como a feiura de seu rosto, a aparência suja; seu hábito de comer tentáculos de polvo enquanto bebe shochu[2] *e dormir no chão depois de ficar alterado; o fato de estar cheio de dívidas e várias outras coisas aviltantes e obscenas, o senhor faz confissão de tudo sem embelezar nada! Não deve fazer isso! As mulheres instintivamente valorizam o asseio. Quando leem os seus romances, mesmo que sintam pena, só podem rir quando descobrem que o topo de sua cabeça está ficando careca ou que seus dentes estão caindo aos pedaços. Perdoe-me. Elas o desprezam. Além disso, não é verdade que o senhor frequenta mulheres de lugares tão vis que não podem nem mesmo ser mencionados? Esse é um fator determinante. Até mesmo*

---

2. Bebida destilada feita à base de batata-doce.

eu, às vezes, prendia o fôlego enquanto lia. É de esperar que as mulheres, sem exceção, o desprezem, o desaprovem. Lia seus romances escondida de minhas amigas. Se elas descobrissem, acho que eu acabaria sendo ridicularizada, questionariam meu caráter e romperiam relações comigo. Por favor, reflita um pouco. Sua falta de erudição, sua escrita grosseira, seu caráter vulgar, sua falta de consideração, sua ignorância; mesmo reconhecendo os seus inúmeros defeitos, descobri que, lá no fundo, existe um traço de páthos. Estimo isso. É uma qualidade que as outras mulheres não compreenderiam. Como disse antes, elas leem apenas por vaidade, por isso apreciam bastante os romances sobre paixões em resorts luxuosos ou romances ideológicos; quanto a mim, não é apenas isso, também acredito que essa espécie de páthos que se encontra no interior de seus romances é preciosa. Não se desespere com a sua má aparência, a indecência do passado ou a grosseria de seus textos; dê valor a essa qualidade especial; ao mesmo tempo, cuide da saúde e estude um pouco de filosofia e literatura para aprofundar suas ideias. Se conseguir expressar esse páthos de forma filosófica no futuro, os seus romances não serão mais ridicularizados como são hoje e o seu caráter melhorará. Nesse dia, direi quem sou, revelarei meu nome e endereço e gostaria de encontrá-lo, mas, no momento, vou me contentar em dar meu apoio a distância. Quero deixar claro que esta não é a carta de uma fã. Não a mostre à sua esposa nem brinque dizendo coisas ridículas como "Veja, tenho uma fã!". Eu tenho o meu orgulho!

Kikuko, foi mais ou menos esse o conteúdo da carta que redigi. Dirigir-me a ele como "senhor" não soava muito bem, mas também não podia usar "você", temos uma grande diferença de idade e, além disso, "você" poderia sugerir alguma intimidade, o que não me agradava. Apesar da idade dele, isso poderia despertar ideias estranhas. Não o respeito tanto a ponto de chamá-lo de "professor", além do mais, como ele não tem nenhuma instrução, acho que chamá-lo de "professor" seria inapropriado. Por esses motivos, escolhi "senhor", mas "senhor" também é um pouco esquisito, não é mesmo? Não tive nenhum peso na consciência ao pôr a carta no correio. Pensava ter feito uma ação positiva. Era um apoio a alguém que despertava compaixão. Entretanto, não escrevi nem meu endereço nem meu nome na carta. Ora, tive medo! Se ele aparecesse em casa sujo e bêbado, minha mãe ficaria assustada. Ele poderia pedir dinheiro e ameaçá-la; trata-se de uma pessoa de maus hábitos, não era possível saber do que seria capaz. Pretendia ser a remetente anônima para sempre. Mas, Kikuko, não foi assim! Um episódio terrível aconteceu. Menos de um mês depois disso, tive que escrever uma nova carta a Toda devido a certas circunstâncias. Mas, dessa vez, informei claramente o meu nome e endereço.

Kikuko, tenha pena de mim! Se lhe contar qual era o assunto dessa carta, imagino que terá uma ideia da situação, então faço isso a seguir, mas, por favor, não ria!

Senhor Toda. Fiquei espantada! Como conseguiu descobrir minha verdadeira identidade? De fato, meu nome é Kazuko. Meu pai é professor e tenho vinte e três anos. Fui esplendidamente desmascarada! Quando vi a edição de hoje da revista Mundo Literário, *fiquei perplexa! Os escritores realmente não podem ser subestimados! Como foi capaz de descobrir? Conseguiu penetrar até os meus sentimentos. "Ela passou até mesmo a ter fantasias indecentes." Acho que trechos assim, nos quais faz críticas mordazes, com certeza revelam um progresso surpreendente. Saber que minha carta anônima despertou de imediato seu espírito criativo é muito gratificante. Não poderia imaginar que um pequeno incentivo feminino estimularia a sua inspiração a tal ponto. Dizem que mesmo grandes escritores como Hugo e Balzac escreveram várias obras-primas graças à proteção e ao encorajamento feminino. Decidi ajudá-lo na medida em que me for possível. Continue a escrever! Enviarei cartas de quando em quando. Seu último texto consegue dissecar, mesmo que de forma limitada, a mente feminina, o que sem dúvida é um progresso. Vários trechos despertam um vivo interesse, mas ainda há partes que poderiam ser melhoradas. Sou uma jovem mulher, por isso irei ajudá-lo a desbravar o coração feminino. Acho que o senhor tem um futuro bastante promissor. Suas obras melhorarão muito! Por favor, apenas leia mais e adquira conhecimentos filosóficos. Não é possível se tornar um grande escritor quando os conhecimentos são insuficientes. Se tiver alguma dificuldade, não hesite em escrever. Como fui desmascarada, não esconderei mais a minha identidade. Meu nome e endereço estão no envelope. Não se preocupe, não são informações falsas. Quando seu caráter melhorar, sem dúvida desejarei encontrá-lo; até lá, continuarei me correspondendo apenas por cartas, então seja paciente. Fiquei de fato espantada! O senhor descobriu até mesmo o meu nome! Com certeza, deve ter ficado agitado com minha carta, mostrou-a para todos os seus conhecidos com grande alarde e, usando o carimbo como pista, deve ter pedido ajuda a um amigo do jornal, até finalmente descobrir meu nome, estou errada? Os homens ficam alvoroçados quando recebem cartas de mulheres, que coisa repulsiva! Por favor, escreva dizendo como conseguiu chegar ao meu nome e à minha idade. Espero que nossa troca de correspondência se estenda por um bom tempo. As próximas cartas serão mais amáveis. Cuide-se!*

Kikuko, tive vontade de chorar várias vezes enquanto transcrevia a carta acima. Sinto o corpo inteiro coberto por um suor frio. Adivinhe. Eu me equivoquei! Ele não escreveu sobre mim. Não se preocupou nem um pouco em saber quem eu era. Ah, que vergonha! Que vergonha! Kikuko, tenha pena de mim! Contarei tudo até o final.

Você leu o conto "As sete flores de outono", publicado na revista *Mundo Literário* deste mês? Uma garota de vinte e três anos, que teme o amor e odeia a possibilidade de se apaixonar, acaba se casando com um homem rico de sessenta anos, mas ela se sente infeliz e comete suicídio. Esse é o enredo. É um pouco impudente e triste, mas bem ao estilo de Toda. Quando li esse conto, não tive dúvida de que ele havia me usado como modelo para a protagonista. Por alguma razão, depois de ler duas ou três linhas, fiquei convencida disso e empalideci. O nome da personagem era igual ao meu, Kazuko. A idade também era a mesma, vinte e três anos. Até a profissão de seu pai coincidia com a do meu, professor universitário. O resto destoava bastante da minha vida, mas acabei me convencendo de que ele escrevera o conto baseado em informações obtidas em minha carta. Essa foi a origem da minha grande humilhação.

Quatro ou cinco dias depois, recebi um cartão de Toda no qual ele escrevia o seguinte:

Prezada. Recebi a sua carta. Agradeço o seu apoio. Também havia recebido a anterior. Até hoje, nunca fiz algo tão inapropriado como rir e mostrar as cartas de outras pessoas para a minha esposa. Também nunca fiz alarde nem as mostrei para os meus amigos. Pode ficar tranquila em relação a isso. Ademais, você escreve que consentirá em que nos encontremos quando meu caráter melhorar, mas, afinal, o ser humano é capaz de melhorar seu próprio caráter? Cordialmente.

Os escritores são mesmo hábeis com as palavras! Foi um golpe no estômago, estava mortificada. Passei um dia sem saber o que fazer, então, na manhã seguinte, tive o desejo repentino de encontrar Toda. Teria de encontrá-lo! Com certeza, ele estava sofrendo naquele momento. Se não o encontrasse, ele poderia se arruinar. Ele esperava que eu fosse ao seu encontro. E eu iria. Comecei a me arrumar imediatamente. Kikuko, é possível visitar um escritor pobre que mora em um cortiço aparentando opulência? Claro que não! A organizadora de um *Fujin*

*Dantai*³ não foi visitar um bairro pobre usando uma estola de pele de raposa e provocou uma comoção? É preciso tomar cuidado! De acordo com os seus romances, Toda não possuía nem um único quimono para vestir, apenas uma camisola de algodão cujo forro escapava para o lado de fora. Como o tatame de sua casa estava em frangalhos, a sala era forrada com folhas de jornal e era sobre elas que ele se sentava. Se visitasse uma casa tão infortunada com o vestido rosa que costurei há pouco, iria apenas entristecer e embaraçar a sua família, seria muito inapropriado. Vesti uma saia cheia de remendos da época da escola secundária e um suéter amarelo que usava quando ia esquiar. O suéter ficou muito pequeno e as mangas mal cobriam meus cotovelos. Os punhos estavam esfarrapados e os fios de lã ficavam pendurados, uma vestimenta perfeita. Também sabia, por meio de seus romances, que todos os anos Toda tinha crises de beribéri no outono, então embrulhei um cobertor de meu quarto em um lenço para levar comigo. Iria aconselhá-lo a envolver as pernas no cobertor enquanto estivesse trabalhando. Saí pela porta dos fundos, escondida de minha mãe. Você sabe que um de meus dentes da frente é uma prótese removível, não sabe? Eu a retirei dentro do trem para ficar intencionalmente feia. Toda não tinha vários dentes e eu não queria que ele ficasse envergonhado, então, para fazer com que se sentisse à vontade, pensei em mostrar que meus dentes

---

3. Grupos organizados e formados por mulheres que exigiam melhores condições para a educação, a criação dos filhos, a baixa de preços e outras melhorias para a sociedade em geral.

também eram imperfeitos. Desarrumei os cabelos e me transformei em uma mulher feia e miserável. É preciso tomar uma série de cuidados para que uma pessoa pobre, frágil e ignorante se sinta à vontade.

A casa de Toda ficava no subúrbio. Desci do trem da Linha Férrea Nacional, perguntei pelo endereço em um posto de polícia e a encontrei com facilidade. Kikuko, Toda não morava em um cortiço! Era uma casa pequena, mas decente. Tinha um jardim bem cuidado no qual floresciam rosas de outono. Não esperava nada daquilo. Na entrada, havia um vaso com crisântemos sobre a cômoda onde eram guardados os tamancos. Uma mulher elegante apareceu com ar sereno e me cumprimentou. Pensei que tinha errado de casa.

— Esta é a casa do escritor Toda? — perguntei timidamente.

— Sim. — O sorriso que acompanhou sua resposta era ofuscante.

— O professor... — Sem querer, acabei chamando-o de "professor". — O professor está?

Fui encaminhada ao seu escritório. Um homem com rosto sério estava sentado na frente de uma mesa. Não vestia uma camisola. Não conhecia o tecido, mas era um quimono azul-escuro de tecido grosso, amarrado por um *obi* preto com uma única listra branca. O escritório lembrava uma sala de chá. Havia um papel com poemas chineses na alcova. Não consegui ler nenhuma letra. Heras estavam arranjadas com bom gosto dentro de um cesto de bambu. Muitos livros se empilhavam ao lado da mesa.

Era tudo diferente! Não lhe faltavam dentes. Ele não era careca. Tinha um rosto digno. Não havia nada de impróprio em lugar algum. Não podia imaginá-lo como alguém que bebesse *shochu* e dormisse no chão.

— A impressão que tive ao ler seus romances e a impressão que tenho ao encontrá-lo são totalmente distintas! — eu disse, me recompondo.

— Ah! — suspirou. Ele não demonstrou nenhum interesse sobre mim.

— Como o senhor descobriu quem eu era? Vim aqui para lhe fazer essa pergunta — eu disse, tentando salvar as aparências.

— O quê? — Ele parecia não entender do que se tratava.

— Eu não revelei meu nome nem meu endereço, mas o senhor os descobriu, não foi? Achei que tivesse deixado essa pergunta bem clara na última carta que lhe enviei.

— Não sei nada sobre você. Que conversa estranha! — Ele me observava sem reservas com seus olhos límpidos e deu uma breve risada.

— Mas então — eu estava consternada —, se é assim, mesmo sem ter entendido a que eu me referia na última carta, o senhor ficou calado! Que coisa horrível! Deve ter me achado uma tola.

Fiquei com vontade de chorar. Tinha me equivocado ao tirar uma conclusão precipitada! Que confusão! Kikuko, dizer que senti o rosto pegar fogo é pouco! Se eu tivesse saído correndo e rolado pelos campos aos gritos, ainda seria insuficiente.

— Gostaria que devolvesse minhas cartas. Estou muito envergonhada. Por favor, queira devolvê-las!

Toda balançou a cabeça com ar grave. Talvez estivesse zangado. Eu devia tê-lo desconcertado.

— Vou procurar. Não guardo todas as cartas que recebo diariamente, então pode ser que não estejam mais aqui. Depois pedirei que minha esposa as procure. Eu as enviarei para você, caso as encontre. São duas?

— Sim, duas. — Sentia-me miserável.

— Parece que meu texto tem pontos semelhantes à sua pessoa, mas eu não me baseio em modelos quando escrevo. É tudo ficção. Nunca faria uso de sua primeira carta — explicou e ficou quieto, olhando para o chão.

— Peço desculpas pelo inconveniente! — Eu era uma mendiga maltrapilha e desdentada. As mangas do suéter excessivamente pequeno estavam esfarrapadas. A saia azul, cheia de remendos. Era motivo de desdém do topo da cabeça à ponta das unhas dos pés. Os escritores são demônios! Mentirosos! Fazem de conta que são pobres quando não são! Apesar de terem um rosto atraente, dizem ser feios para despertar piedade. Podem ser grandes eruditos, mas fazem de conta que são ignorantes. Amam as esposas, mas dizem que vivem brigando diariamente com elas. Não têm problemas, mas agem como se passassem por dificuldades. Eu tinha sido enganada! Eu me curvei em silêncio para me despedir e me levantei.

— O senhor está melhor da doença? Refiro-me ao beribéri.

— Sou saudável, não estou doente.

E eu ali com um cobertor para ele! Iria levá-lo de volta comigo. Kikuko, estava tão humilhada que chorei enquanto voltava para casa abraçada ao embrulho do cobertor. Chorei com o rosto junto a ele. Fui xingada pelos motoristas dos carros que gritavam: "Idiota! Preste atenção!"

Dois ou três dias depois, recebi uma correspondência registrada, um grande envelope com minhas duas cartas. Ainda restava alguma esperança. Será que não haveria uma palavra do professor que aliviasse meu sentimento de humilhação? Além daquelas minhas duas cartas, talvez pudesse haver uma terceira, com uma gentil réplica de consolo dirigida a mim dentro daquele grande envelope. Abracei-o, fiz uma prece e só então o abri, mas em vão. Não havia nada além de minhas duas cartas. Talvez ele tivesse feito uma brincadeira e escrito qualquer coisa no verso das minhas folhas, algum tipo de observação, pensei. Mas examinei cuidadosamente a frente e o verso de cada uma delas, e não havia nada. Que humilhação! Você compreende? Quero jogar cinzas sobre a minha cabeça. Envelheci dez anos. Os escritores são desprezíveis! Que escória! Escrevem apenas mentiras. Não são nem um pouco românticos. Acomodam-se em seus lares ordinários, tratam uma garota maltrapilha e desdentada com desdém e nem sequer a acompanham até a porta. São abomináveis, vivem fazendo de conta que são outra pessoa. Não são esses os verdadeiros farsantes?

8 de dezembro

Hoje, escreverei no diário com um cuidado particular. Farei uma breve descrição de como uma dona de casa de um humilde lar passou o dia 8 de dezembro de 1941. Em 2040, quando o Japão estiver em meio às belas celebrações dos 2700[1] anos desde a instauração do primeiro imperador, este meu diário será descoberto no canto de um porão e contribuirá para que as pessoas saibam o que fazia uma dona de casa japonesa em uma data tão importante cem anos antes. Talvez ele sirva como referência histórica. Assim, por mais que haja erros de gramática, tomarei cuidado para não registrar mentiras. Escrever pensando no ano de 2040 não é uma tarefa fácil. Entretanto, tentarei não ser muito formal. Segundo meu marido, minhas cartas, diários e textos são bastante sérios e obtusos. Diz que não há "sentimento" nem beleza em minha escrita. Eu sempre me preocupei com formalidades desde criança, apesar de não ser tão séria interiormente; sou desajeitada e tenho dificuldades de ter conversas agradáveis com os outros, um comportamento

---

1. Contagem do calendário nipônico que se inicia com a instauração do primeiro imperador japonês, Jimmu.

que só me prejudica. Talvez eu seja muito sôfrega. Preciso refletir sobre isso.

Esses 2700 anos me lembraram inesperadamente de um episódio. Uma coisa boba e excêntrica. Outro dia, o senhor Iba, um amigo de meu marido, veio nos visitar depois de muito tempo. Eu estava no cômodo ao lado e acabei rindo ao ouvir a conversa dos dois.

— Quando forem comemorar esses 2700 anos, teremos que chamar a data de "2700 anos de império" ou "segundo milésimo septingentésimo ano imperial"? Fico preocupado com isso, muito preocupado! É uma questão que me atormenta. Você não liga para isso? — perguntou o senhor Iba.

— Hum — meu marido estava com ar sério e pensativo —, agora que você mencionou, sim, é mesmo preocupante.

— Não é verdade? — quis reiterar o senhor Iba, também mantendo a seriedade. — Acho que o correto seria "2700 anos de império", é a impressão que eu tenho. Mas, se me perguntassem, diria que prefiro "segundo milésimo septingentésimo ano imperial". Porque "2700 anos de império" não me agrada. Não soa mal? Parece uma expressão de livro de história. Quero que seja mais solene. Prefiro que digam "segundo milésimo septingentésimo ano imperial" — asseverou o senhor Iba, como se estivesse de fato preocupado com a questão.

— Entretanto — meu marido resolveu dar sua opinião de entendido — daqui a cem anos pode ser que não se diga mais nem "2700 anos de império" nem "segundo milésimo septingentésimo ano imperial". Por exemplo, pode ser que passem a dizer "dois mil e setrocentos[2] anos de império"...

Caí na risada. Que conversa estúpida! Meu marido sempre falava com os outros com ar grave, independentemente de qual fosse o assunto. As pessoas com propensão artística eram realmente extraordinárias. Meu marido ganha a vida escrevendo romances. Como ele sempre negligencia o trabalho, o dinheiro é limitado e levamos uma existência modesta. Não sei sobre o que ele escreve, procuro não ler seus romances nem imagino do que tratam. No entanto, não acho que seja um grande escritor.

Ora, estou fugindo do assunto. Se continuar nesse ritmo, isto não servirá como registro para as celebrações que ocorrerão em 2040. Recomecemos.

Oito de dezembro. Bem cedo, ainda sob o futon, iniciei as atividades da manhã amamentando Sonoko (minha filha que nascera em junho deste ano). Ouvi claramente o som de um rádio vindo de algum lugar:

"Sumário das notícias do Exército e da Marinha: o Exército e a Marinha Imperial entraram em guerra contra o Exército anglo-americano no Oceano Pacífico na madrugada de hoje, dia 8."

Aquela notícia invadiu o meu quarto escuro pelas frestas da veneziana fechada como um raio de luz resplandecente e foi repetida em alto e bom som duas vezes. Enquanto a

---

2. Em japonês, uma brincadeira com as duas formas como o número sete é lido: *shichi* ou *nana*. No trecho, o personagem diz que talvez não se pronuncie mais *ni sen shichi hyaku* nem *ni sen nana hyaku* (duas formas, ambas corretas, de se referir a 2700), que viriam a ser substituídas por *ni sen nunu hyaku*, que não existe.

ouvia em silêncio, senti que me transformava em outra pessoa. Senti meu corpo se tornar invisível depois de receber um raio de luz. Era como se o espírito santo tivesse bafejado sobre mim e uma única pétala fria se alojasse em meu peito. O Japão, a partir desta manhã, também já não era o mesmo.

— Ei! — chamei meu marido no quarto ao lado para contar o que tinha acabado de ouvir.

— Eu ouvi, eu ouvi! — foi sua resposta.

Seu tom era grave, parecia mesmo tenso. Ele não ficara dormindo até tarde como de praxe, havia despertado cedo esta manhã, o que era raro. Dizem que os artistas têm uma percepção aguçada, talvez ele tenha tido algum pressentimento. Aquilo me impressionou um pouco. Por outro lado, com a estupidez que disse em seguida, o saldo ficou negativo.

— Onde será o oeste do Pacífico? São Francisco?

Aquilo me desapontou. Seu conhecimento de geografia era nulo. Às vezes, achava que ele não era capaz sequer de distinguir o oeste do leste. Até pouco tempo atrás, ele parecia pensar que o polo sul era o ponto mais quente do planeta e o polo norte, o mais frio. Quando ouvi a confissão de sua ignorância, comecei a questionar até mesmo o seu caráter. Ele foi a Sado[3] no ano passado e contou que, ao observar a silhueta da ilha ao longe, pensou se tratar da Manchúria. Que absurdo! E pensar que ele conseguira entrar na universidade! Espantoso!

— O oeste do Pacífico não fica do lado do Japão? — perguntei.

---

3. Ilha da costa da província de Niigata.

— Ah, é? — disse ele, com uma expressão esquisita e ficou refletindo por algum tempo. — Mas isso é uma novidade para mim! Os Estados Unidos no leste, o Japão no oeste. Não soa mal? Dizem que o Japão é o país do sol nascente, o Oriente. Sempre achei que o sol se levantasse apenas no Japão, mas isso é incorreto. O Japão não é o Oriente. Que coisa desagradável! Não há uma forma de o Japão ser o leste e os Estados Unidos, o oeste?

Ele só dizia coisas excêntricas. Seu patriotismo era exagerado.

— Os estrangeiros podem ser presunçosos, mas não conseguem nem lamber esta conserva de bonito![4] Mas nós provaremos que somos capazes de comer qualquer prato ocidental! — comentara ele outro dia, cheio de orgulho.

Sem prestar atenção àquilo que ele murmurava, rapidamente abri a janela. Fazia bom tempo. Mas um frio penetrante era perceptível. As fraldas que eu tinha pendurado para secar no beiral do telhado estavam congeladas, o jardim coberto de geada. A camélia floria esplendorosa. Silêncio. Mas a guerra tinha começado no Pacífico, e constatar isso causava estranheza. Fui tomada por um sentimento de gratidão em relação ao Japão. Lavei o rosto ao lado do poço e ia lavar as fraldas de Sonoko quando a mulher da casa vizinha apareceu. Nós nos cumprimentamos.

— As coisas serão difíceis a partir de agora — comentei. Referia-me à guerra, mas ela deve ter pensado que era a respeito do fato de ela ter se tornado a responsável pelo grupo de auxílio de nosso quarteirão havia pouco tempo.

---

4. Tipo de peixe

— Mas não há o que fazer, não é mesmo? — respondeu ela, sem graça.

Eu não sabia o que replicar. Ela devia ter conhecimento da guerra, mas o peso de ser a responsável pelo grupo de auxílio certamente a deixava muito nervosa. Tive pena dela. Com certeza as coisas seriam difíceis para os responsáveis por esses grupos. Diferentemente dos exercícios, a importância de suas orientações no caso de ataques aéreos seria substancial. Talvez eu tenha que carregar Sonoko no colo e ir me abrigar no interior. Meu marido teria que ficar sozinho tomando conta da casa, mas ele era incapaz de fazer qualquer coisa. Desalentador. Faz tempo que peço, mas ele ainda não preparou nem seu uniforme[5] nem nada. Na hora em que precisar, entrará em apuros. Como é uma pessoa indolente, se eu arrumar o uniforme sem lhe falar nada, ele dirá "o que é isso?", mas acabará por vesti-lo com alívio. No entanto, ele usa um tamanho muito grande e, mesmo que eu compre um uniforme pronto, não lhe servirá. Que complicação!

Hoje de manhã ele acordou às sete horas, tomou café rapidamente e logo estava trabalhando. Parecia que tinha muitos textos para terminar.

— Será que o Japão está bem? — perguntei sem querer durante o café.

— Se não estivesse, não teria entrado em guerra, certo? Tenho convicção de que sairá vitorioso! — respondeu,

---

5. Em 1940, o governo japonês decretou que os cidadãos do sexo masculino deveriam vestir um uniforme parecido com o do Exército. Como não era obrigatório, muitos não o faziam.

com um tom solene. Não acreditei no que disse, porque nada do que ele dizia era confiável, embora eu até quisesse acreditar naquelas palavras solenes.

Pensava em várias coisas enquanto arrumava a cozinha. A cor dos nossos olhos e cabelos era diferente em relação à dos rivais, mas isso era suficiente para despertar hostilidade? Queria bater descontroladamente em alguma coisa. Era muito diferente de quando a China estava do outro lado. De fato, só de imaginar os insensíveis soldados americanos percorrendo estas queridas e belas paragens japonesas como animais selvagens era insuportável. Um simples passo sobre esta terra sagrada, e seus pés apodrecerão! Vocês não têm o direito de fazer isso! Bravos soldados japoneses, deem um jeito de destruí-los por completo! Sofreremos várias privações em nossos lares, talvez enfrentemos uma série de dificuldades, mas vocês não devem se preocupar. Estará tudo bem. Não ficaremos nem um pouco contrariados. Não estamos aflitos por termos nascido nesta época de provações. Ao contrário, até sentimos que vale a pena termos nascidos em tempos assim. Ah, queria tanto ter alguém com quem conversar sobre a guerra! Poder dizer: "A batalha começou!"

Canções militares se sucediam no rádio desde cedo. Sem cessar. Uma após a outra. Depois de um tempo, o repertório parecia ter se esgotado e canções antigas como "Não importa quantos sejam os nossos inimigos" foram retiradas de algum baú para ser tocadas. Ri sozinha. Sentia afeição pela ingenuidade da estação de rádio. Meu marido detestava rádios, por isso nunca tivemos um aparelho em casa. Também jamais pensei em ter um, mas, nos tempos atuais, até acho que seria útil. Quero ouvir muitas, muitas notícias. Conversarei com meu marido. Tenho a impressão de que ele consentirá com a aquisição de um aparelho.

Perto do meio-dia, notícias importantes começaram a ser anunciadas em sequência. Sem conseguir me conter, saí com Sonoko no colo, me postei sob o pé de bordo e fiquei ouvindo o rádio do vizinho. Ataque surpresa à Península Malaia, ataques a Hong Kong, pronunciamentos da frente da batalha. Inquieta, eu segurava Sonoko enquanto lágrimas escorriam de meus olhos. Entrei em casa e contei as notícias que tinha acabado de ouvir para meu marido, absorto em meio à sua escrita.

— Ah, é? — limitou-se a dizer e riu. Então, ele se levantou e sentou outra vez. Parecia não conseguir se acalmar.

Pouco depois do meio-dia, quando aparentemente finalizou um texto, saiu às pressas com o original nas mãos. Devia ter ido entregá-lo à editora, e seu comportamento sugeria que talvez voltasse tarde. Quando ele saía correndo de casa como se estivesse fugindo, quase sempre era assim. Eu não me importava, desde que não dormisse fora.

Depois que o vi sair, grelhei um peixe seco e fiz uma refeição simples, em seguida pus Sonoko nas costas e fui até a estação fazer compras. No caminho, passei pela casa da senhora Kamei. Meu marido tinha ganhado muitas maçãs dos parentes do interior e pensei em dar algumas para Yuno, sua graciosa filhinha de cinco anos. Embrulhei algumas e as levei comigo. Yuno estava em pé na frente do portão. Assim que me viu, saiu correndo e foi até a porta para anunciar nossa chegada à mãe. Sonoko, nas minhas costas, deve ter aberto um sorriso amistoso para o casal Kamei. "Que gracinha! Que amor!", não parava de dizer a senhora Kamei.

O marido surgiu na entrada usando um avental. Ele estava estendendo esteiras de palha debaixo da varanda[6] até havia pouco.

— Rastejar por baixo da varanda é um sofrimento tão grande quanto a iminência de um desembarque do inimigo. Desculpe minha aparência lamentável — disse ele.

O que será que fazia estendendo esteiras de palha sob a varanda? Será que pensava em se esgueirar lá para baixo no caso de um ataque aéreo? Achei estranho.

Porém ele, diferentemente de meu marido, cuidava de seu lar. Eu invejava aquilo. O senhor Kamei tinha mais cuidados com a família antes, mas, depois que meu marido mudou para a vizinhança, ele aprendeu a beber e ficou um pouco impudente. A senhora Kamei devia detestar meu marido. Senti a consciência pesada.

Bambus para apagar o fogo e objetos curiosos como rastelos estavam arrumados de forma meticulosa, prontos para uso na frente do portão. Na minha casa, não havia nada parecido. Meu marido era preguiçoso, o que eu podia fazer?

— Vocês estão bem preparados!

— É porque sou o responsável pelo grupo de auxílio do quarteirão — justificou ele, de modo energético.

---

6. As casas tradicionais japonesas eram construídas sobre alicerces que deixavam um vão entre o chão e o piso da casa; devia ser aí que o senhor Kamei se encontrava.

— Na verdade, ele é o vice. O verdadeiro responsável é idoso e meu marido faz o trabalho em seu lugar — explicou a senhora Kamei, em voz baixa. Era mesmo um sujeito diligente. O oposto do meu marido.

Comi algumas guloseimas e me despedi do casal na entrada da casa.

Depois disso, fui à agência dos correios, retirei os sessenta ienes pagos por um original e fui ao mercado. Como sempre, os produtos eram escassos. Sem alternativa, comprei lulas e peixe seco outra vez. Duas lulas, quarenta centavos. Um peixe seco, vinte. Ouvi o rádio no mercado.

Notícias importantes foram anunciadas em sucessão. Ataque a Guam, às Filipinas. Grande bombardeio no Havaí. Aniquilação da frota americana. Declarações do governo imperial. Meu corpo todo tremia, de forma um tanto embaraçosa. Queria agradecer a todos. Enquanto permanecia em pé, parada na frente do rádio, duas ou três mulheres comentaram:

— Vamos lá ouvir! — E se aglomeraram ao meu redor.

Primeiro duas, depois três, quatro, cinco pessoas e, no final, já totalizavam quase dez. Deixei o mercado e fui à loja da estação para comprar os cigarros de meu marido. Tudo permanecia igual na cidade. Havia apenas um papel fixado na frente da quitanda que trazia as notícias do rádio. A frente das lojas, a conversa das pessoas, nada diferia muito do cotidiano ordinário. Gostava daquela tranquilidade. Tinha um pouco de dinheiro e decidi comprar calçados novos. Não sabia que itens daquele tipo também estavam sujeitos a imposto de vinte porcento para os produtos acima de três ienes. Devia tê-los comprado no final do mês passado. Mas achava o acúmulo de coisas imoral, não gostava daquilo. Os calçados custaram seis ienes e dez centavos. Antes de voltar para casa, também comprei um hidratante por 35 centavos; e envelopes, por 31 centavos.

Pouco depois que voltei, Sato, da Universidade de Waseda, apareceu para nos informar que estava se formando e que serviria no Exército. Infelizmente, meu marido estava ausente.

— Cuide-se! — lhe desejei do fundo do coração.

Pouco depois de Sato apareceu Tsutsumi, aluno da Universidade Imperial. Ele também viera anunciar a formatura. Contou ter prestado o exame para admissão no Exército, mas seria soldado de terceira classe ou coisa parecida e estava desapontado. Tanto Sato quanto Tsutsumi tinham cabelos compridos até pouco tempo atrás, mas agora estavam com a cabeça totalmente raspada. Ah, a vida dos estudantes também não era fácil. Fiquei profundamente emocionada.

No final da tarde, Kon, com quem não me encontrava havia um bom tempo, apareceu balançando a sua bengala. Lamentei que meu marido não estivesse presente. Kon tinha vindo até Mitaka só para vê-lo e teria que voltar sem tê-lo encontrado. Uma pena. Também me senti mal por ele.

Estava preparando o jantar quando a vizinha apareceu para pedir conselhos. Os cupons de saquê[7] chegaram, mas

---

7. Devido à escassez de vários produtos durante a guerra, o governo distribuía cupons para controlar a distribuição entre a população de gêneros básicos racionados. Cada família tinha direito a uma determinada cota.

havia nove casas e apenas seis cupons que davam direito a uma garrafa. Uma ordem poderia ser estabelecida, mas, com certeza, todas as nove casas iriam querer receber o saquê, então decidimos dividir o conteúdo das seis garrafas em nove partes. Juntamos os vasilhames rapidamente para efetivar a compra. Como ia cozinhar o arroz, eu me desculpei por não poder acompanhar a líder. No entanto, assim que deixei tudo em ordem, pus Sonoko nas costas e saí. Os membros do grupo de auxílio da vizinhança já retornavam carregando uma, duas garrafas. Pedi que também me deixassem carregar uma e voltei com eles. A divisão em nove partes iguais começou a ser feita na entrada da casa da líder do grupo. Nove garrafas foram dispostas uma ao lado da outra em uma única fileira e o volume de cada garrafa era comparado com o das outras para que o líquido ficasse na mesma altura. Dividir seis garrafas em nove partes não era nada simples.

 O jornal vespertino chegou. Extraordinariamente, tinha quatro páginas. O Império declara guerra aos Estados Unidos e à Grã-Bretanha era a manchete. Trazia quase as mesmas informações que eu ouvira no rádio antes. Mas, ao lê-lo integralmente, voltei a ficar emocionada.

 Jantei sozinha. Depois, com Sonoko nas costas, fui até o banho público. Ah, pôr Sonoko dentro da água morna era meu momento preferido! Ela gostava da água morna e ficava muito quieta. Com os pés e braços encolhidos, eu a abraçava dentro da água enquanto ela observava meu rosto com atenção. Acho que se sentia um pouco desconfortável. Quando as outras mulheres mergulhavam seus bebês na água, também pareciam não conseguir se conter de tanta ternura que sentiam por eles. Cada uma delas permanecia com o rosto junto ao de seus bebês. A barriga de Sonoko parecia ter sido desenhada com um compasso de tão redonda, era macia e branca como uma bola de borracha. Não deixava de ser espantoso imaginar que havia um estômago e intestinos todos bem ajeitados ali dentro. Um pouco mais abaixo, parecendo uma flor de ameixeira, o umbigo. Seus pezinhos eram perfeitos, suas mãozinhas também, de modo que eu me sentia arrebatada por aquela beleza e graciosidade. Nenhum quimono se comparava à graça de seu corpinho desnudo. Lamentei ter que vesti-la ao sair do banho. Gostaria de ter ficado abraçando seu corpo por mais tempo.

A rua estava iluminada quando cheguei ao banho público, mas completamente às escuras quando saí. Era um blecaute. Não se tratava de um daqueles exercícios de simulação para casos de ataque. Senti um estranho aperto no coração. Um breu total. Nunca tinha caminhado por uma rua tão escura! Um passo de cada vez, avançava como se tateasse o caminho, mas ele era longo e eu não sabia o que fazer. Quando passei pela plantação de nardos e me aproximei do bosque de cedros, a escuridão era completa, aterradora. Recordou-me do pavor que eu sentira ao esquiar em meio a uma nevasca desde a estação termal de Nozawa até Kijima, quando estava no quarto ano da escola secundária. Agora, em vez de uma mochila, trazia Sonoko adormecida em minhas costas. Ela dormia alheia ao que ocorria ao seu redor.

Um homem veio caminhando com passos bruscos atrás de mim. Ele cantava, desafinado, uma canção militar, até que tossiu, duas vezes, uma tosse peculiar que reconheci de imediato.

— Sonoko está em apuros — eu disse.

— O quê? — perguntou ele em voz alta. — Vocês não têm fé, por isso se perdem em ruas escuras! Eu tenho fé, então a noite, para mim, parece dia. Sigam-me! — convocou e saiu caminhando.

Ele estaria bem da cabeça? Era mesmo um marido desconcertante.

À espera

Vou todos os dias ao encontro de uma pessoa nesta pequena estação da Linha Férrea Nacional. Alguém que eu não sei quem é.

Faço compras no mercado, invariavelmente paro na estação, me sento em um de seus bancos gélidos, ponho o cesto de compras sobre o colo e observo distraída o portão de desembarque. Cada vez que um trem para na plataforma, muitas pessoas são expelidas por suas portas, saindo de forma ruidosa, todas com a mesma expressão zangada. Mostram seus passes, entregam suas passagens, caminham com pressa sem olhar para os lados, passam diante do banco no qual estou sentada, desembocam na praça em frente à estação e cada uma segue o seu rumo. Permaneço sentada com ar ausente. Alguém ri e me dirige a palavra. Ai, que medo! Ah, como reagir? Meu coração palpita. Só de imaginar, tenho a sensação de que jogaram água fria nas minhas costas, fico petrificada, a respiração comprometida. No entanto, espero por alguém. Afinal, por quem espero sentada aqui todos os dias? Que tipo de pessoa? Não, pode ser que o que espero não seja uma pessoa. Não gosto das pessoas. Na verdade, tenho medo delas. Não tenho vontade de encontrar alguém para trocar palavras do tipo "como vai?", "esfriou, não é mesmo?", são coisas que me passam a terrível sensação de não existir ninguém mais falso no mundo do que eu, tenho vontade de morrer. Quando encontro uma pessoa, ela fica cheia de reservas em relação a mim, faz observações inofensivas e expressa opiniões afetadas; eu a ouço, mas toda essa cautela e desconfiança me deprimem e fazem com que a minha impressão do mundo seja insuportável. Será que todas as pessoas passam a vida inteira trocando palavras cerimoniosas entre si, cheias de dedos, cansando umas às outras? Não gosto de me relacionar com ninguém. Por isso, a menos quando é de fato necessário, prefiro não ir à casa de meus amigos espontaneamente. Sinto-me muito melhor ficando em casa, costurando em silêncio com minha mãe. Mas a guerra teve início e, depois que a situação ficou tensa, passei a achar que não era certo que apenas eu permanecesse em casa todos os dias sem fazer nada; ficava inquieta, não conseguia sossegar. Precisava fazer alguma coisa, trabalhar com afinco, ser útil. Tinha de achar uma outra forma de viver, diferentemente de como eu vinha fazendo até então.

Não podia continuar enclausurada em silêncio dentro de casa, mas, quando saía, não tinha para onde ir. Fazia compras, na volta parava na estação e ficava sentada naquele banco gélido sem fazer nada. Ah, se alguém aparecesse de repente! Ao mesmo tempo que nutria essa expectativa, contraditoriamente eu ficava apavorada com a ideia de ela se concretizar; mas, se alguém aparecesse, não teria alternativa, daria minha vida a essa pessoa. Eu constatava, impotente, que minha existência seria decidida nesse momento. Várias fantasias absurdas se confundiam, era subjugada pelas emoções e sentia que ia sufocar. Não sabia se estava viva ou morta, era como se sonhasse acordada, me sentia desamparada, espiava defronte à estação as pessoas indo e vindo através de um par de binóculos invertidos: elas ficavam pequenas, distantes, o mundo mergulhava em silêncio. Ah, o que espero afinal? Talvez eu seja uma mulher muito depravada. Com o início da guerra, passei a mentir dizendo me sentir inquieta, afirmando desejar trabalhar com afinco, reiterando o desejo de ser útil, quando, na verdade, esse nobre fim era mero pretexto para realizar minhas fantasias indecentes. Posso estar apenas aguardando uma boa oportunidade. Fico aqui sentada com ar de quem não quer nada, enquanto planos maquiavélicos ardem em meu peito.

Quem eu aguardo, afinal? Não há uma imagem definida nem nada. É tudo nebuloso. No entanto, aguardo. Depois do início da guerra, todos os dias, todos os dias na volta das compras paro na estação, me sento nesse banco e espero. Alguém me dirige a palavra, rindo. Ai, que medo! O que fazer? Não é você quem estou esperando! Então, pelo que espero, afinal de contas? Um marido? Não. Um namorado? Também não. Um amigo? Ora! Dinheiro? Faça-me o favor! Um fantasma? Credo!

Algo mais adorável, brilhante, maravilhoso. O que é, não sei. Talvez seja parecido com a primavera. Não, não é isso! Folhas verdes. Maio. A água cristalina que corre pelas plantações de trigo. Não, ainda não é nada disso. Mas sigo à espera. Com o peito palpitante, espero. Uma multidão passa diante de meus olhos. Não é este, nem aquele. Seguro o cesto de compras e aguardo, ansiosa, com o corpo ligeiramente trêmulo. Por favor, não se esqueça de mim! Não ria da garota de vinte anos que vai ao seu encontro na estação todos os dias, todos os dias, e retorna sozinha; por favor, me mantenha viva em suas lembranças! Não revelo o nome desta pequena estação de propósito. Mas, mesmo que não o diga, um dia você me encontrará.

História de uma noite de neve

Nevava desde cedo aquele dia. Como as calças que eu estava costurando para minha sobrinha Tsuru ficaram prontas, passei na casa de minha tia em Nakano para entregá-las na volta da escola. Ganhei duas lulas secas de presente. Já estava escuro quando cheguei à estação do templo Kichijoji. Havia uma camada de mais de trinta centímetros de neve, e a nevasca persistia incessante. Eu calçava botas compridas, então a neve não me incomodava; ao contrário, eu até escolhia os lugares onde a camada era mais espessa para caminhar por eles. Ao me aproximar da caixa de correio de casa, me dei conta de que tinha perdido o embrulho de jornal com as lulas secas que trazia debaixo do braço. Eu era descuidada e distraída, mas não costumava perder coisas. Aconteceu porque eu ficara brincando, entusiasmada pela neve farta. Mas aquilo me deixou chateada. Sei que não faz sentido se chatear por perder lulas secas, mas pensava em oferecê-las à minha cunhada. Ela terá um bebê neste verão. Quando há um bebê na barriga, sente-se muita fome. É preciso comer por dois. Ao contrário de mim, minha cunhada é muito elegante e refinada, até pouco tempo atrás ela sempre se limitava a comer apenas o necessário, fazia refeições de passarinho, bem leves, e nunca beliscava nada, mas ultimamente dizia sentir fome e aquilo a embaraçava. Ela tinha vontade de comer coisas esquisitas. Esses dias, estávamos arrumando a cozinha depois do jantar e ela revelou, em voz baixa e dando um suspiro, que sentia um gosto amargo na boca e desejava mastigar lulas secas ou algo parecido. Não me esqueci desse episódio e, bem naquele dia, por acaso eu ganhara as duas lulas secas da tia de Nakano. Estava ansiosa para entregá-las em segredo à minha cunhada e as perdi, e isso me deixou desapontada.

Como já deve saber, na minha casa moram três pessoas: eu, meu irmão e minha cunhada. Meu irmão é um escritor um tanto excêntrico, logo fará quarenta anos e não é nem um pouco famoso, não tem dinheiro, dorme e acorda dizendo que não se sente bem. A boca é a única coisa que ele usa com habilidade, vive reclamando disto e daquilo e, apesar disso, não faz nada dentro de casa. Minha cunhada acaba se ocupando do trabalho que um homem deveria fazer, o que é digno de pena.

— De vez em quando você deveria pegar a sacola e sair para comprar vegetais. Acho que os outros maridos fazem esse tipo de coisa — eu disse, um dia, expressando minha indignação.

— Idiota! Não sou um homem qualquer para fazer isso. Preste atenção, e você também, Kimiko (era o nome da minha cunhada): mesmo que nós estejamos prestes a morrer de fome, eu não farei algo tão desprezível quanto sair em busca de comida, entenderam? Tenho meu orgulho.

Decerto era uma resolução nobre, mas, naquele caso, não entendia muito bem se ele detestava a ideia de ter que se deslocar ao interior para adquirir comida em razão da situação do país ou por preguiça. Nossos pais eram de Tóquio, mas papai trabalhou como funcionário público em Yamagata[1] por um longo período. Meu irmão e eu nascemos nessa província. Papai morreu em Yamagata. Meu irmão tinha cerca de vinte anos e eu era uma criança que mamãe carregava nas costas quando retornamos a Tóquio. Mamãe morreu há alguns anos e agora moro com meu irmão e minha cunhada. Como não temos parentes no interior, não há quem nos envie comida, como ocorre com as outras famílias, e, além disso, como meu irmão é um esquisitão que não tem contato com outras pessoas, não temos a oportunidade de obter produtos escassos. Sei que é feio ficar pensando em como seria bom segurar as duas lulas secas nas mãos para oferecê-las à minha cunhada, mas não pude deixar de lamentar tê-las perdido. Dei meia-volta e me pus a procurar o embrulho no caminho que acabara de percorrer. Mas não botava fé que teria êxito. Encontrar um embrulho de jornal branco sobre a neve era muito difícil e, além disso, a neve não parava de cair e de se acumular. Refiz meus passos até as imediações da estação, mas não vi nenhum sinal dele. Suspirei, endireitei o guarda-chuva e, quando olhei para o céu noturno, a neve tinha se transformado em milhões de vagalumes que dançavam em desordem. "Que lindo!", pensei. As árvores dos dois lados da rua estavam cobertas de neve e os galhos se curvavam sob o seu peso. De vez em quando, eles se moviam ligeiros como se dessem um suspiro, e me

---

1. Província do nordeste do Japão.

senti transportada para um mundo de conto de fadas, esquecendo-me das lulas. Tive uma ideia brilhante. Levaria aquela linda paisagem de neve para minha cunhada. Seria um presente muito melhor do que as lulas. Ficar estressada por causa de comida era ridículo. Vergonhoso.

Meu irmão me contou que o globo ocular do ser humano é capaz de armazenar uma cena. Se olharmos fixamente para uma lâmpada por alguns instantes e depois fecharmos os olhos, conseguimos ver a imagem da lâmpada atrás de nossas pálpebras de forma vívida; essa seria a prova desse fenômeno. Na Dinamarca, também havia uma antiga história sobre isso, contada por meu irmão. Curta e romântica. Meu irmão contava histórias absurdas, não dava para dizer se eram verdadeiras. Mas mesmo que não passasse de uma mentira inventada por ele, essa até que não era tão ruim.

Há muito tempo, um médico dinamarquês dissecava o cadáver de um jovem marinheiro quando, ao examinar seu globo ocular através de um microscópio, descobriu a imagem de uma bela cena familiar gravada em sua retina. O médico contou a sua descoberta a um amigo, um escritor, e este imediatamente deu sua explicação para o fenômeno: "O jovem marinheiro naufragou, foi arrastado pelos vagalhões e levado até a costa. Desesperado, ele se agarrou à janela de um farol. Que fortuna! Ia gritar por socorro quando olhou através da janela e, naquele exato momento, a família do guardião do farol começava a jantar, uma refeição simples e íntima. 'Ah, se eu gritar por socorro agora, vou estragar o momento', pensou ele. No instante em que os dedos que se agarravam à janela perderam as forças, uma grande onda arrastou seu corpo para o alto-mar. Com certeza, foi o que ocorreu. Esse marinheiro era a pessoa mais sensível e nobre deste mundo." O médico aprovou a interpretação do amigo e os dois caridosamente enterraram o corpo.

Queria acreditar nessa história. Por mais que a ciência dissesse que era impossível, queria acreditar. Lembrei-me dela por acaso naquela noite de neve, desejava gravar aquela bela paisagem coberta de neve no interior de meus olhos e voltar para casa.

"Mana, olhe dentro de meus olhos! O bebê em sua barriga será lindo" — era o que eu pretendia dizer. Outro dia, ela pediu ao meu irmão, rindo:

— Por favor, pendure algumas pinturas de pessoas bonitas no quarto. Se observá-las todos os dias, darei à luz uma criança bonita.

Sério, meu irmão concordou.

— É um cuidado pré-natal? Isso é importante!

Ele até pendurou duas fotos na parede, a de duas encantadoras máscaras de nô, uma chamada Magojiro e outra chamada Yuki no Ko, só que, depois, ainda inseriu sua própria foto com o cenho franzido entre as imagens das máscaras e estragou tudo.

— Por favor, será que poderia retirar sua foto? Quando olho para ela, sinto uma pressão no peito.

Minha gentil cunhada não devia ter aguentado, seu pedido foi quase uma súplica e ele acabou por retirá-la. Se ela observasse aquela foto todos os dias, daria à luz um bebê com cara de macaco. Será que meu irmão se achava bonito, apesar de ter aquele rosto estranho? Ele era desconcertante. Minha cunhada queria olhar para as coisas mais bonitas deste mundo por causa do bebê em sua barriga. Se eu gravasse aquela paisagem de neve no interior de meus olhos, quando ela a visse ficaria milhares, milhões de vezes mais feliz do que se fosse presenteada com as lulas secas.

Desisti de procurar as lulas e observei o máximo possível a paisagem nevada ao meu redor no caminho de volta. Armazenava aquela linda imagem alva não só no interior de meus olhos, mas também dentro do peito.

— Mana, olhe dentro de meus olhos, eles estão cheios de lindas paisagens! — eu disse assim que cheguei em casa.

— Como? O que aconteceu? — perguntou ela, rindo e botando as mãos sobre meus ombros. — O que aconteceu com seus olhos?

— Ora, você não se lembra da história que o mano contou? De acordo com ela, a paisagem que acabamos de ver permanece gravada no interior dos olhos dos seres humanos.

— Eu me esqueço dessas histórias, geralmente são mentiras!

— Mas aquela era verdadeira. Quero acreditar nela, por isso olhe nos meus olhos. Eu observei muitas, muitas paisagens belíssimas de neve antes de voltar. Por favor, olhe nos meus olhos! Assim você terá um bebê lindo com a pele parecida com a neve!

Ela fixou seus olhos em meu rosto em silêncio, com uma expressão triste.

— Ei! — Meu irmão saiu do quarto naquele momento. — Em vez de observar esses olhos sem graça da Junko (este é meu nome), observe os meus e o efeito será cem vezes maior.

— Por quê? Por quê? — eu o questionei, achando-o tão detestável que tive vontade de lhe dar uma surra. — Ela já disse que observar seus olhos provoca uma pressão no peito.

— Não é verdade! Estes meus olhos viram paisagens de neve muito bonitas durante vinte anos, tempo em que morei em Yamagata. Você nem tinha consciência das coisas quando viemos para Tóquio, e não conhece as maravilhosas paisagens nevadas de Yamagata, por isso fica entusiasmada com essa paisagem de neve medíocre de Tóquio. Meus olhos viram paisagens centenas, milhares de vezes mais esplêndidas, que chegam até a enjoar. Então posso dizer que meus olhos são superiores aos seus.

Tive vontade de cair no choro para mortificá-lo. Minha cunhada veio em meu socorro. Ela sorriu e o replicou com voz calma para me consolar:

— Seus olhos podem ter visto paisagens centenas, milhares de vezes mais bonitas, mas também viram centenas, milhares de vezes mais feias, não é?

— É verdade, é verdade! Há mais desvantagens do que vantagens. É por isso que seus olhos estão assim amarelados. Eis a razão! — concluí.

— Quanta insolência! — disse ele irritado e enfiou-se no quarto.

A esposa de Villon

I

Acordei com o barulho da porta sendo aberta bruscamente. Como estava certa de que era meu marido retornando bêbado em mais uma de suas noitadas, permaneci deitada em silêncio.

Ele acendeu a luz do cômodo ao lado e, com a respiração ofegante, revirou as gavetas da escrivaninha e da estante de livros como que procurando alguma coisa. Em seguida, ouvi-o sentar-se pesadamente sobre o tatame. Depois, a única coisa que notei foi a sua respiração ofegante. Continuei deitada sem ter a menor ideia do que ele fazia.

— Boa noite. Você jantou? Há bolinhos de arroz no armário — eu disse.

— Obrigado! — respondeu com uma gentileza incomum. — Como está o menino? Ainda com febre? — perguntou.

Aquilo também não era normal. Nosso filho fará quatro anos no próximo ano, mas, talvez devido à desnutrição, ao alcoolismo de meu marido ou a algum vírus, ele é menor do que uma criança de dois anos. Seus passos não são firmes e seu repertório vocabular se limita a "Hum!

Hum!" e "Eh! Eh!". Talvez tenha algum problema mental. Quando o levei ao banho público, abracei seu corpo nu, tão feio e magro, e acabei chorando na frente de todo mundo, tamanha tristeza. Diarreia e febre eram frequentes. Meu marido não parava em casa e não parecia se preocupar com o filho. Quando eu disse que o menino estava com febre, sua resposta foi: "Ah, é? Não é melhor levá-lo ao médico?" Então vestiu seu casaco como se estivesse com pressa e saiu para algum lugar. Mesmo que desejasse levá-lo ao médico, não havia dinheiro, tudo o que eu podia fazer era me deitar com ele e afagar sua cabeça em silêncio.

No entanto, meu marido estava estranhamente gentil aquela noite, demonstrando preocupação pela febre do filho, o que era raro. Aquilo não me alegrou, tive um mau pressentimento e senti um frio na espinha. Acabei não respondendo, apenas ouvia a sua respiração agitada.

— Com licença! — Uma voz fina de mulher se fez ouvir na entrada da casa. Estremeci como se tivessem jogado água fria sobre todo o meu corpo.

— Com licença, senhor Otani! — O tom agora era mais agudo. A porta foi aberta ao mesmo tempo.

— Senhor Otani, está aí? — A irritação era clara.

Meu marido finalmente dirigiu-se à entrada.

— O que foi? — perguntou ele com vagar, parecendo muito nervoso.

— Como assim, "O que foi?"! — replicou a mulher, em voz baixa. — Apesar de ter uma casa decente, o senhor ainda rouba? O que é isso? Deixe de conversa-fiada e devolva o que pegou, ou vamos direto à polícia.

— O que está dizendo? Não diga besteiras! Vocês não têm o direito de vir aqui! Vão embora! Se não forem embora, eu é que vou até a polícia!

Nesse instante, um homem começou a falar.

— Professor, como ousa? Dizer que não temos o direito de vir aqui! Que está dizendo? Trata-se de algo muito sério! Deixe disso, o senhor está com o dinheiro de outras pessoas! Não tem ideia das dificuldades que minha esposa e eu passamos por sua causa. Fazer algo tão vil como fez esta noite! Estávamos enganados sobre o senhor!

— Isso é chantagem! — respondeu meu marido com autoridade, embora sua voz estivesse trêmula. — É uma extorsão! Vão embora! Se vocês têm alguma reclamação, conversaremos amanhã.

— Não diga coisas estúpidas! Professor, o senhor é um canalha! Não temos alternativa senão ir à polícia!

Havia tanto ódio nessa voz que meu corpo ficou arrepiado.

— Façam como quiserem! — gritou excitado, mas sua voz soou vazia.

Levantei-me, vesti um roupão por cima do pijama, fui até a entrada e cumprimentei os dois visitantes.

— Boa noite!

— Ora, é sua esposa?

Um homem de mais de cinquenta anos, de rosto redondo, vestindo um sobretudo que ia até os joelhos, me cumprimentou com um aceno de cabeça sem dar sequer um sorriso.

A mulher devia estar na casa dos quarenta, era magra e pequena, com uma aparência respeitável.

— Queira nos desculpar por aparecermos assim, no meio da noite... — disse ela, retirando o xale e curvando um pouco a cabeça para retribuir o cumprimento, mas também sem sorrir.

Nesse instante, meu marido calçou os tamancos rapidamente e tentou correr para o lado de fora.

— Ei, aonde pensa que vai? — O homem o segurou por um dos braços, e os dois ficaram atracados durante algum tempo.

— Me largue! Vou furá-lo! — Um canivete brilhou em sua mão direita. Era um dos objetos de estimação de meu marido, que ele guardava dentro de uma das gavetas da escrivaninha — isso explicava por que ele as revirara ao chegar em casa. Havia se antecipado ao que se sucederia. Tinha procurado pelo canivete e o guardara no bolso.

O homem se afastou. Meu marido se aproveitou disso e voou para o lado de fora virando as mangas de sua capa como um grande corvo.

— Ladrão! — gritou o homem. Quando ele foi ao encalço do meu marido, saí descalça e o envolvi com os braços para detê-lo.

— Pare! Não quero que nenhum dos dois se machuque! Darei um jeito de resolver o problema! — eu disse, e a mulher de quarenta anos concordou.

— Ela tem razão, querido! É um louco com uma faca, não é possível saber do que é capaz!

— Maldito! Vou à polícia! Não é possível chegar a um acordo! — murmurou, enquanto observava a escuridão do lado de fora com ar ausente. Seu estado anímico já perdera o ímpeto.

— Perdoem-me! Por favor, entrem e expliquem o que aconteceu — eu pedi e me ajoelhei. — Talvez eu possa ajudar, entrem, por favor! Não reparem na sujeira.

Os dois se entreolharam e fizeram um ligeiro movimento com a cabeça. O homem se recompôs e disse:

— Independente do que possa argumentar, nós já decidimos como proceder. Vamos explicar a situação para a senhora.

— Ah, por favor, entrem e fiquem à vontade.

— Na verdade, é difícil ficar à vontade — ressalvou o homem, retirando o sobretudo.

— Não se incomode, por favor! Está frio, entre do jeito que está. Não há nenhum tipo de aquecimento em casa.

— Então, com a sua licença.

— Por favor, a senhora também, entre assim como está, não se incomode.

O homem entrou primeiro no escritório de nove metros quadrados de meu marido, seguido pela mulher. O tatame estava estragado; as paredes de papel de arroz, cheias de rasgos e prestes a cair; o papel das divisórias estava se soltando e deixava a armação exposta. Havia uma estante de livros vazia e uma escrivaninha em cada canto. Ao serem introduzidos nesse ambiente desolador, ambos engoliram em seco.

Ofereci a eles duas almofadas, cujos rasgos deixavam o algodão escapar.

— O tatame está sujo, por favor, sentem-se sobre estas almofadas — indiquei e, logo em seguida, os cumprimentei de forma polida. — É a primeira vez que nos encontramos. Parece que meu marido lhes causou incômodos.

Peço desculpas por seu comportamento e pelo que tenha feito esta noite. Não sei por que ele é assim. — As palavras entalavam em minha garganta enquanto falava e não pude reprimir algumas lágrimas.

— Senhora, perdoe minha indiscrição, mas qual é a sua idade? — quis saber o homem. Ele se sentava com as pernas cruzadas sobre a almofada rasgada sem parecer incomodado, apoiava o queixo sobre a mão fechada e o cotovelo sobre o joelho. A parte superior de seu corpo se inclinava para frente.

— A minha idade?

— Sim. Seu marido tem trinta anos, não é mesmo?

— Ah, eu, bem... Sou quatro anos mais nova.

— Então, tem vinte e seis anos, inacreditável! Só isso? Bem, deve ser isso mesmo. Seu marido tem trinta... É isso mesmo, de qualquer forma, estou surpreso.

— Desde que a vi eu também fiquei curiosa — interveio a mulher, espichando o rosto atrás das costas do marido. — Uma esposa tão bonita! Por que será que ele se comporta daquela forma?

— É uma doença. Ele é doente. Não era assim antes, mas foi piorando cada vez mais — expliquei com um grande suspiro.

— Na verdade, senhora — retomou o homem, polidamente —, nós dois, marido e mulher, temos um pequeno restaurante perto da estação de Nakano. Eu nasci em Joshu[1] e posso dizer que era um comerciante respeitável na região, mas gostava de me divertir e me cansei

---

1. Corresponde à atual província de Gunma.

de negociar com os agricultores sovinas do interior. Então, cerca de vinte anos atrás, vim para Tóquio com minha esposa. Trabalhamos como empregados de um restaurante em Asakusa. Dávamos duro para nos mantermos e, quando conseguimos juntar algum dinheiro, alugamos a nossa casa atual perto da estação de Nakano. Ela possui uma área estreita sem piso, de nove metros quadrados. É pequena e miserável. Quando foi isso?... Deve ter sido em 1936. Abrimos um modesto restaurante pensado para que os fregueses gastassem no máximo um ou dois ienes. Não havia nenhum luxo, mas era um trabalho honesto. Conseguimos estocar uma boa quantidade de *shochu* e gim e, na época em que houve escassez de bebida, não precisamos mudar de ramo como outros restaurantes. Continuamos na ativa de um jeito ou de outro, recebemos o apoio de nossos fregueses e tínhamos quem nos ajudasse a fazer com que os suprimentos oficiais chegassem a nossas mãos. Quando a guerra contra os americanos e os ingleses começou e os ataques aéreos ficaram cada vez mais frequentes, não pensamos em voltar para nossa terra natal em busca de abrigo, não tínhamos filhos com os quais nos preocupar, então decidimos ficar até que a casa fosse incendiada. Nós nos agarramos ao nosso negócio e, por sorte, chegamos ao final da guerra sem que nenhuma desgraça nos acometesse, um alívio. Agora, compramos e vendemos saquê no mercado negro; bem, eis a nossa história. Pode parecer que somos pessoas relativamente afortunadas que não passaram por nenhuma grande provação, mas a vida é um inferno, há mais coisas ruins do que boas, essa é a verdade. Para cada gota de felicidade, sempre há um balde de infortúnios. Quem consegue passar um dia, aliás, nem isso, quem consegue passar a metade de um dia livre de preocupações em trezentos e sessenta e cinco dias é uma pessoa feliz. Creio que seu marido apareceu em nosso restaurante pela primeira vez na primavera de 1944, por volta disso. A guerra ainda não parecia perdida, mas logo estaria. De qualquer forma, não tínhamos a dimensão concreta ou real da situação, apenas acreditávamos que, se aguentássemos mais dois ou três anos, a paz seria reestabelecida sem que nada mudasse. Na primeira vez que o senhor Otani apareceu, trazia um casaco sobre um quimono casual de algodão. Naquela época, não era apenas o senhor Otani que se vestia assim em Tóquio, muitas pessoas usavam vestimentas próprias para um eventual ataque aéreo. Era uma época em que todos saíam com roupas comuns sem se incomodar. Por isso, não achei sua aparência particularmente desleixada. Ele não estava sozinho. Perdoe-me por dizer isso na frente da senhora, mas não desejo esconder nada, contarei tudo. Seu marido entrou sorrateiro pela porta da cozinha trazido por uma mulher mais velha. Naturalmente, a porta da frente permanecia fechada todos os dias naquela época porque era, por assim dizer, "um negócio a portas fechadas". Apenas uns poucos fregueses entravam furtivamente pela porta da cozinha e podiam beber e se embriagar, não nas cadeiras da área, mas na sala de nove metros dos fundos com as luzes apagadas e sem levantar a voz. Era assim que trabalhávamos. Essa mulher mais velha, até pouco tempo atrás, tinha sido garçonete de um bar em Shinjuku e costumava trazer fregueses para o restaurante, fazia com que bebessem e se tornassem frequentadores assíduos. Uma cobra reconhece outra e nossas relações eram mais ou menos essas. Seu apartamento ficava perto e, mesmo depois que o bar fechou e ela deixou de trabalhar como garçonete, de vez em quando ainda trazia seus conhecidos. Nosso restaurante também começou a ficar sem bebida e, por mais que fossem bons fregueses, beber até que as mãos começassem a tremer já não era mais desejável, ao contrário, tornou-se um embaraço. Mas, como ela nos trouxera muitos fregueses que gastavam com generosidade nos últimos quatro ou cinco anos, devíamos muito a ela e procurávamos servir os homens que trazia sem demonstrar contrariedade. Por isso, quando seu marido entrou pela porta da cozinha trazido por Aki, esse era o nome da mulher, não fiquei contrariado, os levei até a sala dos fundos que mencionei antes e lhes servi *shochu*. O senhor Otani bebeu tranquilamente, deixou que Aki pagasse a conta e os dois saíram pela porta dos fundos. É estranho, mas não consegui me esquecer do comportamento muito quieto e digno do senhor Otani naquela noite. Será que quando um demônio visita a casa de uma pessoa pela primeira vez ele é silencioso e inocente? Meu restaurante caiu em suas graças. Dez dias depois, ele entrou sozinho pela porta dos fundos, mostrou uma nota de cem ienes de forma repentina — naquele tempo, uma simples nota de cem ienes valia muito, seria o equivalente a dois ou três mil ienes, ou mais, hoje — e fez com que eu a aceitasse, dizendo: "Por favor!", com um sorriso tímido. Ele já parecia ter bebido bastante, mas, como a senhora sabe, não há ninguém mais resistente à bebida do que ele.

Quando achamos que está bêbado, de repente assume um ar grave e fala como se estivesse sóbrio. Por mais que beba, nunca o vi andar com passos vacilantes. Trinta anos representam a idade em que as pessoas têm mais vigor, quando ficam resistentes à bebida, embora seja raro ver alguém como ele. Naquela noite, ele já devia ter tomado todas, mas entornou dez copos de *shochu*, um atrás do outro, em nosso restaurante, sem dizer nenhuma palavra. Quando minha esposa ou eu falávamos alguma coisa, ele dava um sorriso tímido e balançava a cabeça vagamente, dizendo: "Hum! Hum!". Então, de súbito, perguntou: "Que horas são?" Levantou-se e, quando eu ia lhe entregar o troco, ele o recusou. "Por favor, aceite!", insisti. Ele sorriu e disse: "Por favor, guarde o troco até a próxima vez. Eu voltarei", e partiu. No entanto, senhora, essa foi a primeira e única vez que recebi dinheiro de seu marido. Depois disso, ele só me enrolava e, por três anos, enxugou meu estoque de bebidas, sem nunca pagar um centavo. Não é espantoso?

Sem querer, acabei dando uma gargalhada. Fui tomada por um inexplicável efeito cômico. Pus as mãos sobre a boca rapidamente, olhei para a mulher e ela também riu com o rosto voltado para baixo. O dono do restaurante também não se conteve.

— Não há nenhuma razão para rir, mas é um comportamento que me deixa tão desconcertado que sinto vontade de rir. Se ele empregasse essa habilidade para alguma atividade mais honesta, poderia se tornar um ministro ou um doutor, poderia ser qualquer coisa. Mas não fomos apenas nós que caímos em suas garras e perdemos dinheiro, parece que há muitas outras pessoas derramando lágrimas sob este céu de inverno. A começar por Aki. Depois de conhecer o senhor Otani, ela deixou um bom protetor, ficou sem dinheiro e vendeu suas roupas, e agora vive como uma indigente num quarto sujo de cortiço. Quando Aki o conheceu, ela ficou muito animada e nos recomendava o senhor Otani vivamente. Para começar, sua posição social seria invejável. Ele era o segundo filho do barão Otani, parente de um lorde de Shikoku, deserdado devido à sua má conduta, mas quando seu pai, o barão, morresse, ele e seu irmão mais velho dividiriam a fortuna. Era inteligente, um gênio. Tinha escrito um livro aos vinte e um anos, considerado muito superior àqueles escritos pelo grande Takuboku Ishikawa, e, depois disso, ainda escreveu mais vinte obras. Apesar de jovem, era visto como o grande poeta do Japão. Além disso, tinha estudado na Gakushuin[2] e na Universidade Imperial. Sabia alemão, francês... Mas basta! Aki dizia tanta coisa que ele parecia um deus, mas isso tudo não parecia ser mentira. Quando perguntávamos para os outros, eles invariavelmente repetiam se tratar do segundo filho do barão Otani, e que era poeta famoso. Até minha mulher, apesar de já ter passado da idade, competia com Aki, ficava excitada, dizia que as pessoas instruídas sempre eram um pouco excêntricas e esperava com ansiedade pelo senhor Otani, o que me deixava sem graça. Hoje, a nobreza foi para os diabos, mas, antes da guerra, o senhor Otani atraía as mulheres dizendo ser o filho deserdado de um nobre. É curioso como

---

2. Escola frequentada pela aristocracia japonesa.

a nobreza as atraía. Se empregarmos uma expressão em moda hoje, isso talvez se deva a uma "mentalidade de escravo", não é mesmo? Qual a diferença entre um homem ter parentesco distante com um lorde de Shikoku que caiu em desgraça, ainda por cima sendo segundo filho, e eu? Desculpe dizer isso na frente da senhora, mas não acho que haja alguma diferença de posição entre nós dois. Eu não me comportava de forma ignóbil ou me deixava cair em sua lábia. Mas tinha dificuldade de lidar com o professor, tomava a decisão de não permitir que ele bebesse independentemente de quanto pedisse, mas ele surgia em horários inesperados, como se tivesse sendo perseguido por alguém, e parecia se sentir aliviado ao entrar em meu restaurante. Quando o via chegar assim, minha determinação se afrouxava e eu acabava por lhe dar bebida. Ele não era inconveniente nem mesmo quando se embriagava, se ao menos pagasse as contas, seria um ótimo freguês. Ele não se gabava de sua posição social nem se orgulhava como um idiota posando de gênio. Quando Aki começava a enumerar suas qualidades, ele mudava completamente de assunto e a conversa esfriava, dizendo coisas como: "Queria ter dinheiro, gostaria de pagar minha conta." Ele nunca pagou uma conta até hoje, mas Aki eventualmente o faz. Ele se relaciona com outra mulher sem que ela saiba. Alguém que parece ser casada e que, de vez em quando, aparece na companhia dele. Às vezes, ela deixa uma quantia bastante generosa de dinheiro. Sou um comerciante e, se isso não ocorresse, não permitiria que o professor Otani, ou mesmo um príncipe, bebesse sempre de graça. Mas esses pagamentos esporádicos são insuficientes e meu prejuízo é enorme. Ouvi dizer que a casa do professor era em Koganei e que ele tinha uma esposa. Pensei em vir conversar sobre a dívida, mas, quando perguntava ao próprio professor onde era a sua residência, ele logo adivinhava do que se tratava e dizia coisas desagradáveis como: "Se não tenho, não tenho. Por que ficar insistindo? Não vale a pena brigar por isso!" Ainda assim, tentei localizar sua casa e o segui duas ou três vezes, mas sempre que fiz isso fui habilmente despistado. Nesse ínterim, Tóquio virou alvo de vários grandes ataques aéreos em sequência e o senhor Otani aparecia, sem mais nem menos, usando um quepe militar; abria o armário, pegava uma garrafa de conhaque, bebia em pé em grandes goles e partia como o vento. Não fazia nenhuma menção de pagar. A guerra chegou ao fim, comecei a comercializar produtos ilegais abertamente e botei uma nova placa na entrada. Apesar de nosso restaurante ser modesto, éramos determinados e contratamos uma mulher para atrair fregueses. Então, aquele demônio do professor ressurgiu, mas, dessa vez, sem mulheres, agora acompanhado de dois ou três jornalistas ou repórteres de revistas. Eles diziam que agora que os militares estavam arruinados, os poetas pobres eram os novos heróis. O professor Otani os ouvia e depois começava a falar coisas estranhas e incompreensíveis, citava nomes estrangeiros, falava em inglês, mencionava a filosofia, depois se levantava, saía e não voltava mais. Os jornalistas ficavam sem graça, diziam: "Para onde aquele cara foi? Acho que também está na hora de irmos embora!", e se preparavam para partir. "Esperem! O professor sempre foge dessa maneira, vocês devem pagar a conta!", eu dizia.

Havia grupos que juntavam o dinheiro e pagavam corretamente antes de irem embora, mas também havia aqueles que se zangavam e falavam: "O professor que pague! Nós vivemos com quinhentos ienes por mês!" Mas, mesmo que se zangassem, minha resposta era: "Não! Vocês têm ideia de qual é o valor da dívida do professor Otani até agora? Se vocês conseguirem fazer com que ele pague, eu lhes darei metade do valor!" Os jornalistas ficavam espantados. "Não sabíamos que o senhor Otani era um sujeito desse tipo! Não vamos mais beber com ele. Não temos nem cem ienes esta noite, traremos o dinheiro amanhã, mas por ora fique com isto", diziam energicamente, oferecendo os seus sobretudos como garantia. Dizem que os jornalistas não têm caráter, mas, comparados ao senhor Otani, são muito mais honestos e francos. Se o senhor Otani é o segundo filho de um barão, os jornalistas são filhos mais velhos de um duque. Depois do final da guerra, o senhor Otani passou a beber ainda mais, sua fisionomia ficou sombria e ele começou a fazer brincadeiras de muito mau gosto, que não fazia antes. Também agredia os jornalistas que o acompanhavam, os agarrava e se metia em brigas. Para piorar, em algum momento seduziu a garota que havíamos contratado, que não tinha nem vinte anos, o que nos deixou atônitos e muito embaraçados; como era um fato consumado, não podíamos chorar pelo leite derramado. Instruímos a garota a deixar o trabalho e a mandamos de volta para a casa de seus pais. "Senhor Otani, não diremos nada, mas lhe rogamos que nunca mais apareça aqui", nós lhe dissemos. "Vocês ganham dinheiro vendendo produtos ilegais, não façam de conta que são inocentes! Sei de tudo!", retrucou ele, nos ameaçando de forma mesquinha. Na noite seguinte, ele apareceu normalmente, como se nada tivesse ocorrido. Ter de suportar alguém assim talvez seja nosso castigo por praticarmos um comércio ilegal a partir da metade da guerra, mas, considerando o que fez esta noite, podemos dizer que ele não tem nada de poeta ou professor, não passa de um ladrão! Fugiu ao roubar cinco mil ienes. Depois de fazer as compras, em geral sobram, no máximo, quinhentos ou mil ienes em dinheiro vivo dentro de casa, não estou mentindo, preciso usar o dinheiro que entra com as vendas para pagar pelas compras. Esta noite, tínhamos cinco mil ienes, uma grande quantia. O final do ano se aproxima, por isso passei pela casa dos fregueses para receber o valor das contas, foi assim que consegui juntar esse dinheiro. Ia pagar aos fornecedores esta noite, mas, com o ocorrido, não terei condições de manter o negócio no próximo ano. Era um dinheiro muito importante. O senhor Otani bebia sozinho sentado em uma cadeira na área e deve ter visto minha esposa contá-lo e guardá-lo na gaveta do armário da sala dos fundos. Ele se levantou de repente e, sem hesitar, foi até lá, empurrou minha esposa sem dizer nada, abriu a gaveta, agarrou o maço de dinheiro e o enfiou no bolso de seu casaco. Aproveitando-se de minha confusão, ele retornou à área e saiu às pressas. Gritei para detê-lo e minha esposa e eu fomos ao seu encalço. Queríamos gritar: "Ladrão!" para alertar os transeuntes, mas, apesar de tudo, o senhor Otani era um de nossos conhecidos e achamos que seria muito cruel fazer isso, então decidimos que, dessa vez, não o perderíamos de vista e iríamos atrás dele até onde fosse necessário.

Depois que encontrássemos seu esconderijo, conversaríamos com calma e pediríamos que devolvesse o dinheiro, afinal, nosso negócio depende dele. Nós nos esforçamos e, enfim, esta noite conseguimos chegar a esta casa. Refreamos nossa impaciência e pedimos que ele devolvesse o dinheiro com civilidade, mas ele mostrou um canivete e disse que me furaria, que comportamento é esse?

Mais uma vez, fui tomada por um inexplicável sentimento cômico e acabei rindo em voz alta. A mulher também riu um pouco com o rosto vermelho. Não conseguia parar de rir mesmo sabendo que era rude fazer aquilo diante daquele homem. Mas a história soava tão estranhamente hilária que não pude evitar, a ponto de lágrimas virem aos meus olhos. Um dos poemas de meu marido falava sobre a "grande gargalhada do fim da civilização". Talvez ele se referisse a tal sentimento.

II

Entretanto, dar uma grande gargalhada não resolveria o caso. Depois de pensar um pouco, propus ao casal:

— Encontrarei uma forma de resolver o problema, peço que aguardem um dia antes de ir até a polícia. Irei procurá-los amanhã.

Pedi que me explicassem onde ficava o restaurante em Nakano e consegui que concordassem com a minha proposta. A noite terminou assim. Fiquei refletindo sentada no meio do pequeno escritório frio, mas nenhuma boa solução me ocorreu. Levantei-me e retirei o roupão.

Mergulhei no futon sob o qual meu filho dormia, afaguei sua cabeça e desejei que aquela noite nunca terminasse.

No passado, meu pai tivera uma barraca de *oden*[3] no parque de Asakusa, à beira do lago Hyotan. Minha mãe morreu cedo e meu pai e eu vivíamos em um sótão. Nós dois nos encarregávamos da barraca, mas, quando aquele homem começou a aparecer, passei a mentir para meu pai e ia encontrá-lo em outros lugares. Engravidei e, ao final de várias atribulações, me tornei sua esposa. Naturalmente não tenho nada parecido com um documento oficial, por isso meu filho é uma criança sem pai. Quando meu marido sai, passa três, quatro dias fora, às vezes até um mês. Nunca sei onde esteve ou o que fez. Ele sempre retorna bêbado, com o rosto pálido e a respiração ofegante. Às vezes, olha para meu rosto em silêncio e derrama lágrimas, ou então se deita no meu futon de repente e abraça meu corpo com força.

— Ah, não aguento. Tenho medo. Tenho medo, sabe? Muito medo! Ajude-me! — diz, às vezes, com o corpo trêmulo. Depois que adormece, murmura coisas incoerentes, geme e, no dia seguinte, parece uma pessoa despojada de espírito, ausente. Desaparece de súbito em seguida e passa três ou quatro noites fora. Dois ou três de seus antigos conhecidos de editora ficam preocupados comigo e com meu filho e, de vez em quando, trazem dinheiro; graças a eles, não morremos de fome até hoje.

Dei um cochilo, adormeci e, quando despertei, os raios de sol entravam pelas frestas da veneziana. Levantei-me e

---

3. Espécie de cozido feito com diversos ingredientes.

me arrumei. Pus meu filho nas costas e saí. Não conseguia ficar em casa sem fazer nada.

Queria ir para algum lugar, me dirigi à estação sem um destino específico, comprei algumas balas para que o menino chupasse em uma tenda na frente da estação, depois uma passagem até Kichijoji, e entrei no trem. Segurava a alça de apoio e observava os cartazes pendurados no teto do vagão quando li o nome de meu marido. Era o anúncio de uma revista. Ele tinha escrito um longo ensaio sobre François Villon.[4] Enquanto olhava para as palavras "François Villon" e para o nome de meu marido, por algum motivo lágrimas vieram aos meus olhos. O cartaz ficou borrado e não consegui mais enxergá-lo.

Desci em Kichijoji, fazia muitos anos que não caminhava pelo parque Inokashira. Os pés de cedro perto do lago foram cortados e o terreno parecia preparado para o início de alguma obra, passando uma sensação de desolação e tristeza. Estava tudo diferente.

Coloquei meu filho no chão, sentamos sobre um banco quebrado na frente do lago e lhe ofereci a batata-doce que tinha trazido.

— Não é um lago bonito? Antigamente havia muitas pequenas carpas e outros peixinhos neste lago, mas agora não há mais nada. Que coisa triste, não é mesmo?

— He, he! — Ele deu uma risada estranha com a boca cheia de batata-doce. Apesar de ser meu filho, parecia um completo idiota.

---

4. Poeta francês do final da Idade Média conhecido por sua vida dissoluta e atividades criminais.

Ficar sentada no banco na frente do lago não me ajudaria em nada, então voltei a pôr o menino nas costas e retornei para os lados da estação Kichijoji. Dei uma volta pela animada rua cheia de barracas ao ar livre e comprei uma passagem até a estação de Nakano. Não tinha a menor ideia do que faria, nenhum plano em mente. Entrar no trem foi como ser engolida por um turbilhão demoníaco; desci em Nakano, fiz o caminho que tinham me explicado na noite anterior e cheguei ao pequeno restaurante daquele casal.

A porta da frente estava fechada, dei a volta até os fundos e entrei pela porta da cozinha. O dono não estava, sua esposa fazia a limpeza. No instante em que nossos olhares se cruzaram, comecei a mentir desenfreadamente.

— Senhora, eu pagarei todo o dinheiro. Se não for esta noite, farei isso amanhã. Agora que a senhora já tem a minha palavra, não precisa mais se preocupar.

— Mas isso... Ora, obrigada! — disse ela, parecendo um pouco feliz, mas sua expressão revelava que ainda não estava totalmente convencida.

— É verdade, senhora! Asseguro que alguém virá fazer o pagamento. Até que isso ocorra, ficarei aqui como garantia. Isso a deixará mais tranquila, não? Até que receba o dinheiro, eu a ajudarei com o serviço do restaurante.

Coloquei o menino no chão, deixei-o brincando na sala dos fundos e comecei a trabalhar com diligência. Ele já estava habituado a brincar sozinho e não atrapalhava nem um pouco. E, talvez por não ser muito inteligente, logo se familiarizava com estranhos. Ele sorriu para a proprietária e, enquanto me ausentei para ir até a sua casa buscar as provisões, ela lhe deu uma lata vazia de enlatado americano no qual ele batia ou rolava como se fosse seu brinquedo, quieto, em um canto da sala dos fundos.

Por volta da hora do almoço, o proprietário retornou trazendo peixes e verduras. Assim que vi seu rosto, me apressei em contar a mesma mentira que havia dito à sua esposa. Ele pareceu incrédulo.

— O quê? Senhora, só vou acreditar quando estiver com o dinheiro nas mãos — disse ele, inesperadamente calmo, em tom de admoestação.

— Não, estou dando a minha palavra! Confie em mim, antes de ir à Justiça, espere mais um dia. Até lá, eu ficarei aqui ajudando com o serviço.

— Se o dinheiro for devolvido, não farei nada — informou ele e, como se falasse sozinho: — De qualquer forma, faltam cinco ou seis dias até o final do ano.

— Sim, por isso, é por isso que ele... Veja! Fregueses! Sejam bem-vindos! — saudei e sorri para os três homens com aparência de operários que entraram no restaurante. — Perdoe-me, senhora, poderia me emprestar um avental? — perguntei em voz baixa.

— Ora, o velhaco contratou uma mulher bonita! Que maravilha! — comentou um deles.

— Não a seduzam! — interpelou o proprietário, com uma voz de quem não estava para brincadeiras. — Há dinheiro envolvido!

— É algum puro-sangue de um milhão de dólares? — brincou outro freguês.

— Mesmo quando são bons cavalos, as fêmeas valem a metade do preço — repliquei de forma vulgar, sem dar o braço a torcer enquanto aquecia o saquê.

— Não seja modesta. Agora, cavalos e cães, machos e fêmeas, têm os mesmos direitos. Homens e mulheres são iguais no Japão hoje — sentenciou o mais jovem, quase gritando. — Garota, estou apaixonado! É amor à primeira vista! Mas você tem um filho?

— Não! — disse a proprietária, surgindo dos fundos com meu menino nos braços. — Eu o adotei, ele é filho de um parente. Agora, enfim temos um herdeiro!

— Vocês já estão ricos! — brincou um freguês.

O dono disse sério:

— Também temos um amante e dívidas — murmurou, até que alterou o tom de voz. — O que vão querer? Que tal um cozido? — sugeriu aos fregueses.

Tive uma revelação naquele instante. "Então é isso", pensei comigo mesma e recolhi as garrafas de saquê fingindo indiferença.

Era véspera de Natal e, talvez por isso, os fregueses não paravam de aparecer, entravam um atrás do outro. Eu não tinha me alimentado desde cedo, mas meu peito estava tomado por várias emoções e, quando a proprietária sugeriu que comesse alguma coisa, respondi que estava sem fome. Trabalhei diligentemente, em pé, me sentindo leve como se vestisse uma roupa feita de plumas. Pode parecer presunção minha, mas naquele dia o restaurante estava mais animado e não foram apenas dois ou três clientes que perguntaram meu nome e pediram que lhes desse um aperto de mãos.

No entanto, o que aconteceria? Não tinha a menor ideia. Eu apenas ria, ouvia as piadas obscenas dos fregueses e replicava dizendo coisas ainda mais grosseiras. Ia de um freguês a outro servindo saquê e, enquanto fazia isso, desejava que meu corpo derretesse e escorresse como um sorvete.

De vez em quando, milagres acontecem neste mundo.

Passava um pouco das nove horas. Vi um casal entrar, o homem com um chapéu triangular feito com papel de presente de Natal e a parte superior do rosto coberta por uma máscara preta à moda de Lupin[5]; a mulher, bonita e esbelta, devia ter cerca de trinta e quatro ou trinta e cinco anos. O homem me deu as costas e se sentou em uma cadeira no canto da área, mas eu o reconheci assim que chegou. Era o ladrão do meu marido.

Ele não parecia ter me notado, então o ignorei e fiquei entretida com outros fregueses. A mulher se sentou à sua frente.

— Moça, por favor! — chamou a acompanhante, dirigindo-se a mim.

— Sim? — respondi e me aproximei da mesa deles. — Sejam bem-vindos! Querem beber o quê? — Ao dizer isso, meu marido me olhou de relance com o rosto mascarado e pareceu surpreso. Toquei seu ombro de leve. — Devo dizer "Feliz Natal"? Como devo cumprimentar? Acho que ainda consegue beber mais um copo, certo?

A mulher, que não prestava atenção às minhas palavras, disse com uma expressão séria:

— Desculpe-me, moça, quero conversar em privado com o proprietário deste lugar. Poderia chamá-lo?

Fui até os fundos, onde o dono preparava frituras.

---

5. Arsène Lupin era um ladrão com ares cavalheirescos, personagem de uma série de romances policiais de Maurice Leblanc (1864-1941).

— Meu marido voltou. Converse com ele, por favor. Mas não diga nada sobre mim para a mulher que o acompanha, pois ele pode ficar embaraçado.

— Enfim apareceu! — Apesar de ter suas reservas em relação à mentira que eu tinha contado, ele parecia ter acreditado nela. Também devia considerar que o aparecimento de meu marido era obra minha.

— Por favor, não diga nada sobre mim! — repeti, reforçando o pedido.

— Se é o que prefere, não direi nada — concordou, bem-humorado, dirigindo-se até a área.

O proprietário deu uma olhada nos fregueses que estavam ali e foi direto à mesa do meu marido. Ele e a mulher bonita trocaram duas ou três palavras e, em seguida, os três saíram do restaurante.

Estava tudo bem. Por alguma razão, eu acreditava que tudo se resolvera. Fiquei tão feliz que, inesperadamente, segurei com força o pulso de um rapaz, que devia ter menos de vinte anos e vestia um quimono azul-marinho com desenhos brancos, e propus:

— Vamos beber! O que acha? Afinal, é Natal!

III

Menos de trinta minutos depois, mais rápido do que eu havia imaginado, o dono do restaurante retornou sozinho e se aproximou de mim.

— Muito obrigado, senhora Otani! O dinheiro foi devolvido.

— É mesmo? Que bom! Integralmente?

Ele riu de forma estranha.

— Sim, o valor levado ontem. Apenas essa parte.

— Qual a soma de tudo o que ele deve até hoje? Dê uma estimativa com um grande desconto.

— Vinte mil ienes.

— Isso é suficiente?

— Já com um bom desconto.

— Devolverei tudo. O senhor me deixaria trabalhar aqui a partir de amanhã? Por favor! Devolverei o dinheiro trabalhando!

— O quê? A senhora é uma verdadeira Okaru![6] — nós dois rimos.

Naquela noite, saí do restaurante em Nakano depois das dez horas carregando meu filho nas costas e voltei para minha casa em Koganei. Como já imaginava, meu marido não estava, mas não me importei. Se fosse ao restaurante amanhã, talvez o encontrasse. Por que não tinha pensado em fazer aquilo antes? Tinha sido tola em sofrer tanto no passado. Quando ajudava meu pai com a barraca em Asakusa, levava jeito para lidar com os fregueses, com certeza me sairia bem trabalhando no restaurante em Nakano. Tinha ganhado quinhentos ienes de gorjeta naquela noite.

Segundo o proprietário, depois daquele incidente, meu marido dormiu na casa de algum conhecido, deixou o lugar bem cedo e foi para o bar daquela bela mulher em

---

6. Personagem feminina de Chushingura, a história dos quarenta e sete samurais que decidem se vingar depois da morte de seu mestre. Okaru concorda em ser vendida a um prostíbulo e, assim, obter dinheiro para que seu marido, Kampei, possa tomar parte na vingança.

Kyobashi, onde se pôs a beber uísque ainda pela manhã, dando dinheiro às cinco garotas que ali trabalhavam como presente de Natal. Chamou um táxi à tarde, foi para algum lugar e, após algum tempo, retornou com chapéus natalinos triangulares, máscaras, um bolo decorado e até um peru. Ligou para quatro pessoas, reuniu os conhecidos e fizeram um banquete. A dona do bar desconfiou, afinal ele nunca tinha dinheiro, e perguntou como o havia obtido. Ele contou tudo o que ocorrera na noite anterior com ar tranquilo. A dona do bar parecia ter boas relações com meu marido e, achando que seria desagradável se o caso fosse levado à polícia e se tornasse público, lhe disse, de coração aberto, que ele deveria devolver o dinheiro. Foi ela quem levantou a soma e veio ao restaurante com meu marido. Isso foi contado pelo proprietário.

— Eu havia imaginado mesmo algo parecido, mas a senhora cuidou para que o dinheiro fosse devolvido, não foi? A senhora pediu para que algum amigo do senhor Otani intercedesse? — Ele parecia mesmo acreditar que minha permanência no restaurante se devia ao fato de eu saber que meu marido retornaria. Eu ri.

— Ora! — me limitei a dizer.

A partir do dia seguinte, minha vida mudou por completo, tornando-se alegre e animada. Fui ao cabeleireiro e fiz um permanente, também comprei maquiagem, remendei meus quimonos e ganhei dois pares de meias brancas da proprietária. Sentia que tinha me livrado para sempre daquela dor em meu peito.

Depois de acordar, fazia a refeição matinal com meu filho, preparava uma marmita, punha o menino nas costas e ia ao trabalho em Nakano. A véspera de Ano-Novo e o dia 1º foram movimentados. Eu era conhecida como "Sachan do Tsubaki". Era assim que os fregueses me chamavam. "Sachan" ficava tonta de tanto esforço diário. Meu marido aparecia para beber uma vez a cada dois dias, deixava que eu pagasse a conta e desaparecia. De vez em quando, surgia tarde da noite no restaurante.

— Você já está de saída? — perguntava ele em voz baixa. Eu balançava a cabeça, me preparava para ir embora e voltávamos alegremente juntos para casa.

— Por que será que não tive essa ideia antes? Estou tão feliz!

— Não existe felicidade ou infelicidade para as mulheres.

— Ah, é? Agora que você disse, acho que talvez seja verdade. E no caso dos homens?

— Só existe infelicidade para os homens. Eles vivem lutando contra o medo.

— Eu não compreendo. Mas gostaria de continuar vivendo assim para sempre. Os donos do restaurante Tsubaki são boas pessoas.

— São uns imbecis! Caipiras! Gananciosos! Me dão de beber, mas, no fundo, só pensam em ganhar dinheiro.

— É natural, é um negócio. Mas não é só isso, certo? Você teve um caso com a proprietária.

— Coisa do passado. E o marido? Ele sabe?

— Sabe perfeitamente. Outro dia, suspirou e disse: "Temos um amante e dívidas."

— Posso parecer falso, mas tenho muita vontade de morrer. Penso em morrer desde que nasci. Talvez devesse morrer, seria melhor para todos. Com certeza! Mas, apesar disso, não consigo morrer. Alguma coisa estranha, talvez um deus temível, me impede.

— É porque você tem o seu trabalho.

— Não tenho um trabalho, nem nada. Nem uma obra-prima, nem uma obra desprezível. Se disserem que uma pessoa é boa, ela será boa; se lhe disserem que é má, ela ficará má. É como inspirar e respirar. É terrível imaginar que haja um deus em algum lugar neste mundo. Ele deve existir, não?

— O quê?

— Deve existir um deus, ou não?

— Não sei.

— Ah!

Depois de trabalhar no Tsubaki por dez, vinte dias, percebi que todos os fregueses que apareciam para beber, sem exceção, eram criminosos. Passei até a achar que meu marido era peixe pequeno em comparação. E não eram só os fregueses do restaurante. Comecei a achar que todas as pessoas que andavam na rua deviam esconder algum crime sombrio. Uma senhora muito distinta, na casa dos cinquenta anos, surgiu na porta da cozinha do restaurante para vender saquê, uma garrafa de quase dois litros ao preço de trezentos ienes, informou. Era um valor abaixo do de mercado e a proprietária fez a aquisição, mas era água misturada com saquê. Como eu poderia viver sem nenhuma mácula em um mundo em que até uma senhora distinta como aquela era capaz de fazer aquilo? Impossível. Não dava para transformar todos os pontos negativos em pontos positivos, como em um jogo de cartas, para a moralidade deste mundo?

Se há um deus, que se manifeste! No final do primeiro dia do ano, fui estuprada por um freguês do restaurante.

Chovia naquela noite. Meu marido não apareceu, mas um de seus antigos conhecidos da editora que, de vez em quando, vinha trazer dinheiro para as despesas, Yajima, e outro homem, que parecia trabalhar no mesmo ramo e aparentava estar na casa dos quarenta anos como Yajima, vieram me ver. Bebiam e falavam em voz alta. Meio de brincadeira, ambos discutiam se era apropriado que a esposa do senhor Otani trabalhasse em um lugar como aquele. Eu ria.

— Onde está essa senhora Otani? — perguntei.

— Não sei onde ela está, mas ela é mais bonita e elegante do que você, Sachan — disse Yajima.

— Que mulher afortunada! Gostaria de passar nem que fosse uma noite com alguém como o senhor Otani. Gosto de patifes como ele.

— Vejam só! — disse Yajima, voltando-se para o seu colega e entortando a boca.

Nessa época, os jornalistas que vinham com meu marido sabiam que eu era a esposa do poeta Otani; alguns, movidos pela curiosidade, apareciam apenas para fazer graça e me provocar. O restaurante ficava animado e isso não deixava o proprietário contrariado.

Naquela noite, Yajima e seu colega tinham que adquirir papel no mercado negro e deixaram o restaurante depois das dez horas. Chovia e meu marido não apareceu, e mesmo com um freguês ainda na casa, comecei a me preparar para ir embora. Pus nas costas o menino que dormia em um canto da sala dos fundos.

— Posso pegar o guarda-chuva emprestado outra vez? — perguntei em voz baixa para a proprietária.

— Eu tenho um guarda-chuva. Posso acompanhá-la — interveio o freguês que estava no restaurante sozinho, em pé, com o rosto sério. Ele aparentava ser um operário, era baixo e magro, devia ter vinte e cinco ou vinte e seis anos. Aquela era a primeira vez que eu o via.

— Obrigada, mas estou acostumada a andar sozinha.

— Mas sua casa fica distante. Sei onde é. Também moro em Koganei. Eu a acompanharei. Senhora, a conta, por favor!

Ele tinha bebido apenas três garrafas e não parecia tão embriagado.

Tomamos o trem juntos, descemos em Koganei e depois caminhamos lado a lado pela rua totalmente às escuras, compartilhando o guarda-chuva. O jovem, que até então não tinha aberto a boca, começou a falar um pouco.

— Eu conheço seu marido. Admiro os poemas do professor Otani. Também escrevo poesias. Sempre pensei em mostrá-las ao professor. Mas ele me intimida.

Chegamos a minha casa.

— Muito obrigada. Até mais, nos veremos no restaurante.

— Sim, até mais!

O jovem foi embora sob a chuva.

Despertei no meio da noite com o barulho da porta sendo aberta. Pensando que fosse meu marido voltando para casa bêbado, continuei deitada em silêncio.

— Com licença! Senhora Otani, me perdoe! — Era uma voz masculina.

Levantei-me, acendi a luz e fui até a entrada. Tratava-se do jovem que me acompanhara havia pouco, tão trôpego que mal conseguia permanecer em pé.

— Perdoe-me, senhora. Na volta, parei em uma barraca e bebi mais um pouco. Na verdade, minha casa fica em Tachikawa. Quando fui à estação, não havia mais trens. Por favor, senhora, me deixe passar a noite aqui. Não preciso de um futon nem nada. Posso dormir aqui na frente da porta. Permita que eu me deite no chão até o horário do primeiro trem da manhã. Se não estivesse chovendo, dormiria do lado de fora, na frente da casa, mas, com a chuva, isso não é possível. Por favor!

— Meu marido não está. Se você não se incomodar, pode dormir na entrada — eu propus, e lhe trouxe duas almofadas rasgadas.

— Perdoe-me. Ah, estou bêbado — comentou em voz baixa, como se passasse mal e logo se deitou sobre o chão. Quando cheguei ao meu quarto, ele já roncava alto.

Fui uma presa fácil para aquele homem durante a madrugada.

Naquele dia, não deixei que nada transparecesse em meu semblante, pus meu filho nas costas e fui trabalhar como sempre.

Meu marido lia o jornal sozinho na área do restaurante com um copo de saquê sobre a mesa. O sol da manhã batia no copo, achei aquilo bonito.

— Não há ninguém?

Ele se virou na minha direção.

— Não. O dono ainda não voltou das compras e a mulher estava na cozinha até havia pouco, não a viu por lá?

— Você não pôde vir ontem à noite?

— Eu vim. Nesses dias, não tenho conseguido dormir sem ver Sachan do Tsubaki. Apareci depois das dez, mas disseram que você tinha acabado de sair.

— E o que fez?

— Passei a noite aqui. Estava chovendo muito.

— Talvez eu comece a dormir sempre aqui.

— Não é má ideia.

— Farei isso. Não faz sentido alugar aquela casa para sempre.

Ele voltou os olhos para o jornal em silêncio.

— Ah, estão falando mal de mim outra vez. Dizem que sou um falso nobre epicurista. Não é verdade. Podiam ter escrito que sou um epicurista que teme a Deus. Sachan, veja! Escreveram que sou um monstro. Isso não é verdade! Conto isto agora: no final do ano passado, saí daqui com os cinco mil ienes porque desejava que você e o menino tivessem um Ano-Novo memorável. Fiz aquilo porque não sou um monstro.

— Que mal há em ser um monstro? Se estivermos vivos, isso já é o suficiente — eu disse, com indiferença.

Osan

I

Ele saiu sem fazer barulho, como um corpo despojado de espírito. Eu lavava a louça na cozinha depois do jantar e percebi seus movimentos às minhas costas. Triste, a ponto de quase derrubar os pratos, dei um suspiro involuntário. Quando me espichei e olhei para fora através da janela, vi sua lamentável e triste figura flutuar na escuridão da noite de verão, um espírito que já não fazia mais parte deste mundo. Ele caminhava pela ruela margeada pela cerca viva na qual o pé de abóbora se enroscava e se contorcia, vestindo um velho *yukata* de cor clara amarrado por várias voltas de um *obi* fino.

— Papai? — chamou inocentemente nossa filha mais velha de sete anos. Ela tinha brincado no jardim e lavava os pés com a água de um balde na frente da cozinha.

— Ele foi ao templo — respondi de forma casual. Mas logo senti que era uma resposta pouco auspiciosa e um estremecimento percorreu meu corpo.

— Ao templo? Fazer o quê?

— Estamos na época de honrar os mortos[1], não é? Foi o que papai foi fazer no templo — menti com desenvoltura. De fato, estávamos no décimo terceiro dia do mês dos mortos. As outras meninas vestiam quimonos bonitos, saíam pelo portão e se divertiam balançando suas mangas com graciosidade. Os quimonos de minha filha foram queimados durante a guerra e, apesar da ocasião, ela vestia roupas puídas.

— Ah, é? Será que ele voltará logo?

— Não sei. Se você se comportar bem, Masako, pode ser que sim! — foi minha resposta, embora o comportamento de meu marido indicasse que ele dormiria fora aquela noite.

Masako entrou na cozinha, foi até a sala e se sentou ao lado da janela. Ela observava o lado de fora com ar triste.

— Mamãe, o feijão que plantei está em flor! — ouvi-a dizer. Tomada por um sentimento de ternura, senti meus olhos se encherem de lágrimas.

— Onde? Oh, é verdade! Logo teremos muitos feijões!

Havia uma horta de cerca de trinta metros quadrados ao lado da entrada da casa. Eu costumava plantar vários vegetais, mas, depois de ter três filhos, não pude mais me dedicar a ela. No passado, meu marido me ajudava de vez em quando, mas agora ele não se importava mais com a casa e, enquanto os outros maridos cuidavam de suas hortas e obtinham vários tipos de vegetais, a nossa era vergonhosa. Estava cheia de ervas daninhas. Masako

---

1. Período chamado de *Obon*, geralmente comemorado em meados dos meses de julho ou agosto, dependendo da região.

tinha plantado um grão de feijão das provisões de racionamento, regou e ele acabou por germinar. Para Masako, que não possuía nada, nenhum brinquedo, o feijão era seu único tesouro. Quando brincava com os vizinhos, ela mencionava seu pé de feijão com orgulho.

A decadência. A miséria. Mas no Japão atual, isso não se restringia apenas a nós, os moradores de Tóquio em particular: para onde quer que voltassem os olhos, todos se moviam com morosidade, sem vigor, apáticos. Todas as nossas coisas foram queimadas, não tínhamos mais nada. Experimentava na pele a nossa penúria, mas, como esposa, me sentia ameaçada por algo mais doloroso do que isso.

Meu marido trabalhou por cerca de dez anos em uma editora relativamente famosa em Kanda. Estávamos casados havia oito, um casamento sem nada de especial, realizado após um *miai*. Já naquela época não havia muitos imóveis para alugar em Tóquio, mas encontramos esta pequena casa nos subúrbios, ao longo da linha central e em meio a plantações. Ela foi nossa residência até o início da guerra.

Devido à saúde frágil, meu marido escapou do recrutamento militar e civil. Ele ia todos os dias até a editora. Quando a guerra se acirrou, devido à presença de uma fábrica de aviões e outras instalações militares, as bombas começaram a cair ao lado de nossa casa com frequência. Certa noite, uma bomba estourou no bambuzal na parte detrás e destruiu nossa cozinha, o banheiro e a sala. Era impossível que quatro pessoas continuassem a morar na casa semidestruída (Yoshitaro já havia nascido nessa época). Por isso, eu e as duas crianças fomos viver em Aomori, minha terra natal, enquanto meu marido permaneceu na casa ocupando a parte que ficara em pé. Ele continuava indo trabalhar na editora como de hábito.

Mas pouco menos de quatro meses depois da nossa partida, Aomori se tornou alvo dos bombardeios e foi totalmente incendiada. Perdemos todos os pertences transportados com sacrifício. Então, fomos para a casa de conhecidos que tinha sido poupada dos incêndios apenas com a roupa do corpo, uma situação lastimável. Não sabia o que fazer, me sentia no inferno. Depois de dez dias vivendo de favores, veio a rendição incondicional do Japão. Sentia saudade de Tóquio, onde estava meu marido, e retornei parecendo uma mendiga com nossos dois filhos. Como não tínhamos outro lugar para morar, pedimos que um carpinteiro fizesse uma reforma provisória e tentamos retomar a vida de outrora, apenas os quatro, pais e filhos. Quando tudo parecia ir bem, a vida de meu marido sofreu um abalo.

A editora passava por tempos difíceis, seus superiores brigavam por questões financeiras. Foi à falência e meu marido se viu desempregado. Por ter trabalhado por muito tempo na revista e ter vários conhecidos na área, pôde reunir algum capital com pessoas influentes e criou uma nova editora. Ela publicava dois ou três tipos de livros, mas, devido a dificuldades para comprar papel e coisas do gênero, meu marido se endividou e a editora também faliu. Depois disso, ele passou a sair de casa todos os dias com ar distante e voltava exausto à noite. Ele sempre foi quieto, mas, desde então, seu silêncio passou a ser irritadiço. Mesmo após conseguir honrar as dívidas, ele parecia ter perdido a vontade de fazer qualquer coisa, o que não significava que permanecesse em casa o dia inteiro.

Fumava em pé na varanda, pensativo, com os olhos voltados na direção do horizonte por um bom tempo. "Ah, vai começar outra vez!", eu pensava, preocupada, e ele dava um suspiro com ar confuso, jogava o resto do cigarro no jardim, tirava a carteira de dentro da gaveta, enfiava-a no bolso e saía pela porta com aquela aparência de alguém despojado de espírito, caminhando sem fazer barulho. Era comum que não retornasse em noites assim.

Mas se mostrava um bom marido. Um marido terno. Bebia um copo de saquê, ou, se fosse cerveja, não passava de uma garrafa. Fumava, mas se contentava com os cigarros das provisões do racionamento. Nesses quase dez anos de casados, nunca me agrediu ou gritou comigo. A não ser uma vez, quando Masako tinha dois anos. Foi numa ocasião em que ela, engatinhando, derramou o chá de alguém na sala onde ele recebia visitas. Ele me chamou, mas eu estava na cozinha avivando as chamas do braseiro e não ouvi. Por eu não ter respondido, ele se dirigiu até a cozinha com Masako no colo, uma expressão terrível estampada no rosto. Depositou-a no chão de madeira e ficou me olhando como se quisesse me matar. Permaneceu imóvel por alguns instantes, sem dizer nenhuma palavra, depois me deu as costas, foi para a sala e bateu a porta com um estrondo que reverberou até os meus ossos, um som agudo e forte. Fiquei horrorizada com esse aspecto agressivo dos homens.

Essa foi a única vez que o vi zangado. Passei por dificuldades pelas quais todos passaram durante a guerra, mas, quando penso na gentileza de meu marido, acredito que fui feliz nesses oito anos.

(Mas ele se transformou em outra pessoa. Quando foi que isso ocorreu?... Ao encontrá-lo no retorno de Aomori depois de quatro meses de separação, havia um sorriso um tanto obsequioso em seu rosto. Ele evitava meu olhar e sua atitude era hesitante. Achei que era apenas o cansaço da vida solitária e precária e tive pena. Talvez tenha sido em algum momento durante aqueles quatro meses. Ah, prefiro não pensar! Pensar provoca uma dor que me atira às profundezas de um pântano.)

Como ele não voltaria aquela noite, estendi seu futon ao lado do de Masako. Sentia-me triste enquanto pendurava o mosquiteiro, muito triste.

II

No dia seguinte, pouco depois do almoço, eu estava na entrada ao lado do poço e lavava as fraldas de nossa filha mais nova, Toshiko, nascida na última primavera, quando meu marido chegou sorrateiramente, como um ladrão. Ele se aproximou e me viu. Abaixou a cabeça sem dizer nada e entrou na casa aos tropeções, o corpo inclinado para frente. Se ele abaixava a cabeça de forma instintiva até diante de mim, sua própria esposa, seu embaraço devia ser mesmo grande. Ao pensar aquilo, meu peito se encheu de ternura e não consegui mais lavar as fraldas. Levantei-me e entrei na casa atrás dele.

— Você deve estar com calor. Não quer tirar a roupa? Recebemos duas garrafas de cerveja esta manhã junto com as provisões do feriado. Botei para esfriar, quer beber?

Ele titubeou e riu sem vontade.

— Isso seria ótimo! — Sua voz estava rouca. — Cada um de nós pode beber uma garrafa.

Era claramente uma forma desajeitada de se desculpar.

— Beberemos juntos.

Meu pai era um beberrão, talvez por isso eu tenha mais resistência ao álcool do que meu marido. Pouco depois de nosso casamento, nós costumávamos caminhar por Shinjuku e entrávamos em restaurantes que serviam *oden*. Quando bebíamos, ele logo corava como sinal de embriaguez, enquanto eu permanecia inalterada, apenas com uma espécie de zumbido no ouvido.

Estávamos todos na pequena sala de cinco metros quadrados. As crianças comiam, meu marido bebia cerveja, despido, com uma toalha úmida sobre os ombros. Contentei-me com um copo, seria um desperdício beber mais. Trazia Toshiko no colo e a amamentava. O retrato de um dia pacífico na vida de uma família. Na verdade, ainda havia tensão no ar. Meu marido evitava meus olhos. Eu escolhia assuntos que não fossem sensíveis com muito zelo. A conversa não fluía. Masako e Yoshitaro pareciam adivinhar que havia qualquer coisa de errado entre nós e comiam o pão das provisões de racionamento molhado com chá bem comportados, o que era incomum.

— Beber à tarde embriaga, não?

— De fato. Seu corpo inteiro está vermelho!

Foi quando o olhei de relance que notei. Embaixo de seu queixo havia uma mariposa roxa, embora não fosse uma mariposa. Já tinha visto outra parecida antes. Logo depois do nosso casamento. Aquela marca em forma de mariposa que me deixara desconcertada. Ele percebera e se apressara em escondê-la com a ponta da toalha úmida que tinha nos ombros. Fez o mesmo dessa vez, cobrindo-a de forma desajeitada. Eu sabia desde o início que ele usava a toalha úmida para que eu não visse aquela marca arroxeada em forma de mariposa. Fiz de conta que não tinha visto nada e, com grande esforço, comentei:

— Masako, quando o papai está, até o pão fica mais gostoso, não é?

Tentei brincar, mas aquilo soou como uma crítica e tornou meu desconforto ainda mais evidente. Quando achei que não aguentaria mais, o hino nacional francês começou a tocar no rádio do vizinho.

— Ah, é mesmo, hoje é dia da queda da Bastilha! — observou meu marido ao ouvi-lo. Ele falava para si mesmo, sorriu e, de modo que Masako e eu ouvíssemos, continuou: — Catorze de julho, foi nessa data que ocorreu a queda da Bastilha... — A frase foi interrompida. Ele contorcia os lábios, lágrimas brilharam em seus olhos. Ele refreava a vontade de chorar. Depois, prosseguiu com a voz embargada: — O povo se levantou em todos os lugares e atacou a prisão, a Bastilha. As festas em Versalhes acabaram para sempre, nunca mais ocorreriam, entendem? Mas a destruição era necessária, mesmo que uma nova ordem e uma nova moralidade não pudessem ser estabelecidas, ela era necessária. Antes de morrer, Sun Yat-sen[2] disse que

---

2. Sun Yat-sen (1866-1925) foi um estadista, político e líder revolucionário chinês. Desempenhou um papel fundamental na derrubada da Dinastia Qing em outubro de 1911, a última dinastia imperial da China.

a revolução ainda não havia terminado, mas talvez nunca terminasse. Apesar disso, é preciso estimular a revolução. A natureza da revolução é assim, triste e bela. O que ela traz? Tristeza, beleza... E também amor...

Ainda com o hino francês tocando, ele começou a chorar enquanto falava e, sem jeito, forçou um sorriso.

— Ora, papai é um bêbado chorão! — disse ele e se levantou, virando o rosto. Foi lavá-lo na cozinha. — Que vergonha! Estou muito bêbado. Chorar por causa da Revolução Francesa! Vou dormir um pouco — anunciou, foi para o quarto e tudo se aquietou, mas eu tinha certeza de que ele ainda chorava em silêncio.

Não por causa da revolução. Não mesmo. No entanto, a Revolução Francesa e os seus sentimentos em relação à família talvez fossem semelhantes: a dor de ter que destruir a romântica monarquia francesa e a harmonia familiar em nome de coisas tristes e belas — eu o compreendia. E o amava, eu não era a Osan[3] daquele antigo conto de Chikamatsu que dizia:

No seio de uma esposa mora um demônio? Uma serpente?

O pensamento revolucionário e as ideias destrutivas não tinham nenhuma relação com esse lamento. A esposa devia permanecer sozinha, eternamente no mesmo lugar, do mesmo jeito, apenas dando suspiros? Qual o sentido

---

3. Personagem da peça *Os amantes suicidas de Amijima* (1720), escrita por Monzaemon Chikamatsu.

disso? Eu deveria me resignar, confiar a sorte aos céus e rezar para que os sentimentos de meu marido mudassem de direção? Tinha três filhos. Não podia deixá-lo por causa das crianças.

Após duas noites fora, ele passou uma noite em casa. Depois do jantar, brincou com as crianças na varanda. Era obsequioso até mesmo com elas.

— Você engordou, minha princesinha! — comentou, ao pegar nossa filha caçula nos braços sem muito jeito.

— Não é uma graça? Você não fica com vontade de ter uma vida longa vendo as crianças? — perguntei de modo casual.

Sua fisionomia mudou de súbito.

— Hum! — foi só o que conseguiu expressar. Aquele semblante me assustou e comecei a suar frio.

Quando dormia em casa, ele ia ao quarto por volta das oito horas, estendia seu futon e o de Masako, pendurava o mosquiteiro, despia Masako com dificuldade, pois ela ainda queria brincar um pouco mais com o pai, fazia com que ela vestisse seu pijama, a punha para dormir, apagava a luz e se deitava. Era tudo.

Pus a caçula e meu filho mais velho para dormir no quarto ao lado e fiquei costurando até as dez horas. Em seguida, pendurei o mosquiteiro e me deitei entre as duas crianças. Formávamos o ideograma de "pequeno", não o de "rio".[4]

Não conseguia pegar no sono. Meu marido também parecia estar acordado no quarto ao lado, ouvi-o suspirar

---

4. A narradora se refere ao formato desses ideogramas. Em japonês o ideograma de "rio" é 川, e o de "pequeno" é 小.

e, sem querer, também suspirei. Lembrei-me outra vez do lamento de Osan:

No seio de uma esposa mora um demônio? Uma serpente?

Ele se levantou e entrou no quarto. Fiquei imóvel.
— Ei, não tínhamos remédio para dormir?
— Sim, mas eu o tomei ontem à noite. Não funcionou.
— Se exagerar, ele perde mesmo o efeito. Seis comprimidos são suficientes — disse ele, de mau humor.

III

Dias quentes se sucederam. Devido ao calor e à preocupação, a comida não passava pela minha garganta, os ossos de meu rosto começavam a ficar aparentes e o leite para o bebê também ficou escasso. Meu marido parecia não ter apetite, seus olhos estavam fundos e brilhavam febrilmente. Em determinado momento, ele começou a rir como se zombasse de si próprio.
— Se enlouquecesse, eu seria mais feliz — comentou.
— Eu penso o mesmo.
— Não há motivo para que pessoas boas sofram. Admiro pessoas como você. Como conseguem ser tão sérias e decentes? Será que já está determinado desde o início quem terá uma conduta irrepreensível durante toda a vida e quem não?
— Não, no meu caso, isso é tolice. Mas...

— Mas?

Ele me observava de forma estranha, como se tivesse mesmo ficado louco. Hesitei por alguns instantes, com dificuldade para achar uma frase concreta a dizer.

— Mas quando você sofre, eu também sofro.

— Que coisa sem graça! — disse ele, sorrindo, como se estivesse aliviado.

Nesse instante, senti um bafejo de felicidade que não sentia havia muito tempo. (Sim, quando o fazia feliz, eu também ficava feliz. Não me importava com moral ou coisas do gênero, ficar feliz já era o bastante.)

No mesmo dia, tarde da noite, entrei debaixo de seu mosquiteiro.

— Não se incomode! Não vou fazer nada — eu disse, me deitando ao seu lado.

— *Excuse me* — brincou, sua voz estava rouca. Ele se sentou com as pernas cruzadas sobre o futon. — *Don't mind*! *Don't mind*!

A lua de verão estava cheia naquela noite. O luar entrava pelas frestas da veneziana sob a forma de quatro ou cinco raios prateados que penetravam no interior do mosquiteiro e iluminavam seu peito emaciado.

— Você emagreceu, hein! — observei, rindo, e me sentei sobre o futon.

— Você também. É porque se preocupa à toa.

— Mas eu já não lhe disse? Não se incomode! Está tudo bem. Sou esperta. Só que, de vez em quando, "cuida de mim"! — eu disse, rindo, e ele também riu, mostrando os dentes iluminados pelo luar. Meus avós morreram quando eu era criança. Eles tinham brigas feias e sempre que elas ocorriam, minha avó dizia "cuida de mim" para meu avô. Eu achava aquilo engraçado na infância. Contei isso ao meu marido depois do casamento e nós dois nos divertimos muito com aquilo.

Ele também riu dessa vez, mas logo ficou sério.

— Acho que cuido de você. Que a protejo como uma flor de estufa. Você é uma pessoa muito boa. Não se preocupe com coisas insignificantes, conserve seu orgulho e fique tranquila. Sempre penso em você, esteja certa disso.

A solenidade com que falou aquilo acabou com a graça da conversa. Senti-me desconfortável.

— Mas você mudou — eu disse em voz baixa, voltando o rosto para o chão.

(Preferia que você não se preocupasse comigo, que me odiasse, detestasse, isso faria com que me sentisse melhor. Apesar de você se preocupar comigo, se mete com outra mulher, que inferno! Os homens não se enganam quando acham que se preocupar constantemente com suas esposas é uma atitude moral? Não acabam enfiando na cabeça que pensar sempre nelas mesmo quando surge outra pessoa é uma reação boa, honrada, que é assim que deve ser? Quando começam a amar outra pessoa, deixam escapar suspiros melancólicos na frente das esposas. Ficam angustiados devido a questões morais e, ao final, as próprias esposas são contaminadas por esse abatimento e começam a suspirar. Se os maridos se comportassem com indiferença e demonstrassem contentamento, as esposas não se atormentariam. Quando há outra pessoa, devem parar de pensar nas esposas e amar a primeira com o coração leve!)

Meu marido deu uma risada desanimada.

— Eu mudei? Não. É que esses dias têm sido quentes. Não posso fazer nada em relação ao calor. No verão só resta dizer *excuse me*!

Não havia como prosseguir a conversa com ele me fazendo rir.

— Que pessoa detestável! — afirmei e fiz de conta que ia lhe dar um soco. Saí do interior de seu mosquiteiro e entrei no do meu quarto, me deitei entre meu filho mais velho e a caçula para dormirmos formando o ideograma de "pequeno".

Estava feliz por ter demonstrado meu carinho, por termos conversado e dado risada juntos. Senti a pressão em meu peito se atenuar, fazia tempo que não dormia sem pensar em coisas tristes.

Queria que continuássemos assim depois disso, queria agradar-lhe, fazer brincadeiras, dissimular, não importava o quê. Mesmo que não fosse a atitude correta, não estava preocupada com a moralidade, queria apenas me sentir bem, nem que fosse por um curto período. Uma ou duas horas agradáveis já seriam suficientes, era como tinha passado a pensar. Dava beliscões em meu marido e estávamos quase a ponto de ouvir risadas frequentes dentro de casa quando, certa manhã, ele de súbito manifestou o desejo de ir a uma estação termal.

— Minha cabeça dói, deve ser este calor. Tenho um conhecido perto de Shinshu[5] que disse que eu poderia ir visitá-lo quando quisesse, sempre repete o convite e diz que não preciso me preocupar com comida. Queria relaxar por duas

---

5. Região da província de Nagano.

ou três semanas. Se continuar deste jeito, vou enlouquecer, quero fugir de Tóquio.

Será que ele viajava porque desejava fugir daquela mulher?

— Mas e se um ladrão entrar aqui armado enquanto você estiver fora, o que devo fazer? — perguntei, rindo. (As pessoas tristes riem bastante.)

— Diga que o dono da casa é louco, armas não intimidam os loucos!

Não havia razão para eu impedi-lo de viajar. Fui pegar a roupa de verão feita de cânhamo que ele usava para sair, mas não estava dentro da gaveta. Mesmo procurando por todos os lugares, não a encontrei.

Fiquei aflita.

— Não está aqui. Onde terá ido parar? Será que alguém a roubou?

— Eu a vendi — revelou ele, rindo e fazendo bico como se fosse chorar.

Fiquei surpresa, mas fingi indiferença.

— Que sorrateiro!

— Nesse quesito, sou pior do que um ladrão armado.

Ele a vendera por causa daquela mulher, com certeza alguma coisa havia acontecido para ele precisar do dinheiro.

— Mas então o que você vai vestir?

— Só uma camisa já basta.

Ele mencionou a viagem de manhã e partiria à tarde. Parecia querer sair de casa quanto antes.

Nesse dia, o calor tórrido que vinha assolando Tóquio nos últimos tempos tinha dado lugar à chuva. Ele pôs a bolsa nas costas, calçou os sapatos e se sentou no degrau da entrada. Irritado, fez uma careta e esperava que a chuva parasse.

— A resedá floresce a cada dois anos? — questionou. A resedá na frente de casa não tinha florido naquele ano.

— Acho que sim — respondi vagamente.

Esse foi nosso último diálogo íntimo e familiar.

A chuva parou e ele partiu rápido, como se estivesse em fuga. Três dias depois, aquele pequeno artigo sobre o suicídio dos amantes do lago Suwa apareceu no jornal. Também recebi a carta que meu marido havia postado da pousada em Suwa:

Não morro com esta mulher por amor. Sou um jornalista. O jornalista instiga a revolução e a destruição, depois foge tranquilamente enquanto enxuga o seu suor. Na verdade, é um ser estranho. É o demônio moderno. Não consegui suportar esse ódio de mim mesmo e decidi ser crucificado como um revolucionário. O escândalo de um jornalista. Isso é algo sem precedentes? Se minha morte fizer com que os demônios modernos se envergonhem um pouco, ficarei satisfeito.

Ele escreveu coisas inúteis e estúpidas como essas na carta. Será que os homens precisavam ser tão arrogantes, exibidos, buscar sentidos e dizer mentiras mesmo à beira da morte?

De acordo com um de seus conhecidos, a mulher era repórter da editora na qual meu marido tinha trabalhado em Kanda. Ela tinha vinte e oito anos e, durante o período em que estive em Aomori, ela dormia nesta casa e acabou engravidando. Se isso foi o suficiente para dar início a toda essa algazarra sobre revolução para depois morrer, só podia achar que meu marido era mesmo imprestável.

A revolução serve para que as pessoas possam ser felizes. Não confio em revolucionários trágicos. Por que ele não pôde amar essa mulher de modo mais explícito e prazeroso e, ao mesmo tempo, amar e fazer sua esposa, no caso eu, feliz?

Paixões infernais devem ser particularmente dolorosas para quem as vivencia, mas são, em primeiro lugar, um aborrecimento para os outros. Mudar a forma de sentir, ser leve, é a verdadeira revolução, problemas insolúveis deixam de existir quando se consegue isso. Mas ele não foi capaz de mudar seus sentimentos em relação a mim, e a cruz revolucionária também parece ter sido insuportável. Eu estava dentro do trem com meus três filhos, rumo a Suwa em busca de seus restos mortais. Mais do que tristeza e raiva, estava chocada pela estupidez de tudo.

Madame Hospitalidade

Madame sempre foi uma pessoa muito atenciosa com as visitas e gosta de lhes oferecer deliciosas iguarias; não, no caso de Madame, em vez de dizer que ela é atenciosa com as visitas, chego a ter vontade de dizer que ela as teme. Quando a campainha toca, primeiro saio eu, como intermediária, e, ao chegar ao quarto de Madame para informar quem são os visitantes, ela se comporta como um pássaro que acabou de detectar o bater de asas de uma águia predadora e se prepara para fugir, com uma tensão singular no rosto. Ela prende os cabelos, ajeita a gola, se levanta e, antes que eu termine de falar, está em pé correndo em passos miúdos pelo corredor. No instante em que alcança a entrada, recebe os recém-chegados com uma voz estranha, meio chorosa, meio risonha, parecida com o som de uma flauta. Então, com o olhar de alguém com perturbação mental, corre com passos curtos da sala de visitas até a cozinha, revira panelas e quebra pratos enquanto se desculpa com a empregada, ou seja, eu. Depois que todos vão embora, ela permanece sentada de lado na sala com ar perdido, sem mover um dedo para deixar as coisas em ordem, parecendo às vezes estar prestes a chorar.

Seu marido trabalhava como professor em uma universidade de Hongo e ouvi dizer que a família dele era rica. Madame era de uma abastada família proprietária de terras de Fukushima. Talvez pelo fato de não terem filhos, os dois pareciam um casal de crianças que cresceu ignorante das agruras do mundo, vivendo de forma despreocupada. Vim trabalhar aqui quatro anos atrás, ainda no meio da guerra. Seis meses depois, seu marido, um reservista de aspecto franzino, foi repentinamente convocado e, por azar, acabou enviado para uma ilha no sul do Pacífico. A guerra terminou sem notícias dele, o capitão de sua tropa enviou um cartão em que se limitava a dizer que talvez fosse melhor abandonar as esperanças de que ele retornasse. Depois disso, a maneira como Madame recebia as visitas se tornou um tanto desvairada, eu sentia tanta pena que quase não conseguia presenciar aquilo.

Antes do aparecimento do professor Sasajima, as relações de Madame se limitavam aos parentes de seu marido e a seus próprios familiares. No que dizia respeito à manutenção da casa, mesmo depois que seu marido partira para aquela ilha no sul do Pacífico, Madame recebia remessas de dinheiro dos seus e levava uma vida relativamente confortável, tranquila, por assim dizer respeitável. Mas a partir do momento em que o professor Sasajima passou a frequentá-la, tudo veio abaixo.

Este bairro se encontra nos subúrbios de Tóquio, mas próximo da área central, e felizmente passara impune aos danos da guerra, embora tenha sido inundado depois por aqueles que tiveram suas casas destruídas. Quando andava pela rua comercial, eu tinha a impressão de que os rostos das pessoas com as quais cruzava eram todos novos.

Teria sido no final do ano passado? Madame reencontrou no mercado o professor Sasajima, um amigo de seu marido com quem não topava havia dez anos, e o convidou para ir até a sua casa. Essa foi a sua ruína.

O professor Sasajima estava na faixa dos quarenta anos, tal qual o marido de Madame, e também dava aulas na Universidade de Hongo, mas, enquanto meu patrão lecionara no Departamento de Letras, o professor era do Departamento de Ciências Médicas, ambos deviam ter sido colegas na época do ginásio. Antes de construir esta casa, meu patrão e Madame moraram por um curto período em um apartamento em Komagome. O professor Sasajima era solteiro e também morava no mesmo prédio. Eles se frequentaram durante esse curto período, mas meu patrão se mudou para cá e, talvez por trabalharem em áreas de pesquisa diferentes, pararam de se ver e isso foi tudo. Agora, dez anos depois, ele viu Madame no mercado do bairro por acaso, e isso lhe chamou atenção. Ela devia ter se limitado a cumprimentá-lo e logo se despedido dele, o que teria impedido uma série de aborrecimentos, mas seu espírito hospitaleiro falou mais alto, e ela deve ter dito: "Minha casa fica aqui perto, por favor, vamos até lá! Não será incômodo algum!" Apesar de, no fundo, não desejar que ele a visitasse, já que sempre se intimidava com os relacionamentos sociais em geral, ela assumia o comportamento contraditório de insistir com o convite. O professor Sasajima apareceu vestido de forma excêntrica, com uma capa e um cesto de compras.

— Ah, mas que casa esplêndida! Escapar da destruição da guerra, uma sorte dos diabos! A senhora não mora com mais ninguém? Que luxo! Mas é natural, é uma casa de mulheres, além disso, um lugar tão meticulosamente limpo não deve mesmo dar vontade de chamar alguém para compartilhar. Seria incômodo, não é? No entanto, não imaginava que morasse tão perto. Ouvi dizer que morava no bairro "M", mas o ser humano é estúpido, faz quase um ano que vim para cá e nunca prestei atenção ao nome na entrada. Passo em frente desta casa com frequência, sempre venho por esta rua quando vou ao mercado fazer compras. Tive muitas experiências ruins durante a guerra, casei e fui convocado logo em seguida. Quando finalmente consegui voltar, a casa tinha sido completamente incendiada, minha esposa se abrigou junto à sua família em Chiba levando nosso filho, nascido enquanto estive fora. Agora, mesmo desejando trazê-los de volta, não temos onde morar. O jeito foi alugar um pequeno quarto de pouco mais de quatro metros quadrados nos fundos de um armazém, é onde vivo, cozinhando minhas próprias refeições. Esta noite ia preparar um cozido de frango e comê-lo acompanhado de muito saquê, por isso andava pelo mercado carregando este cesto de compras. Mas é desesperador chegar a este ponto, não acha? Já nem sei mais se estou vivo ou morto!

Sentado com as pernas cruzadas na sala de visitas, ele falava apenas sobre si próprio.

— Sinto muito! — disse Madame, tratando de iniciar o ritual de hospitalidade mencionado anteriormente. Com a expressão alterada, ela correu com passos curtos até a cozinha.

— Perdoe-me, Ume! — disse ela para mim, ordenando que eu preparasse um cozido de frango e servisse saquê. Depois, voou até a sala de visitas para retornar pouco depois e pedir para que eu acendesse o fogo, pegasse o aparelho de chá, etc. Ela fazia um pedido diferente a cada vez que surgia, e sua agitação, nervosismo e afobação deixavam de ser tocantes e chegavam a ser repulsivos.

O professor Sasajima também se comportava de forma vergonhosa.

— Ah, cozido de frango? Perdoe-me, mas sempre adiciono fios de *kon'nyaku*[6] ao cozido de frango e, se houver tofu frito, ficaria ainda melhor! Apenas cebolinha é um pouco sem graça — comentou, em voz alta. Madame mal terminou de ouvir e se dirigiu aos tropeções até a cozinha.

— Perdoe-me, Ume! — disse ela, repetindo a mim o pedido feito pelo visitante com uma expressão infantil, embaraçada e chorosa.

O professor Sasajima achava incômodo beber saquê nos pequenos recipientes usados para esse propósito e pediu um copo. Bebeu-o aos goles e ficou embriagado.

— Ah, então é isso, não se sabe se seu marido está vivo ou morto... Mas, entre dez, oito ou nove morrem na guerra, não há o que fazer! A senhora não é a única desafortunada! — concluiu de modo abrupto. — Veja meu caso... — Ele recomeçou a falar sobre si. — Não tenho onde morar, estou separado da mulher e do filho que amo, os móveis foram queimados, as roupas, os futons, o mosquiteiro, não tenho

---

6. Alimento de aparência gelatinosa produzido com a batata *konjac*.

mais nada! Antes de alugar aquele quarto nos fundos do armazém, eu dormia no corredor do hospital da universidade. Os médicos estão em situação muito mais lastimável do que os pacientes! Ser paciente é bem melhor. Quer dizer, não há nada de bom nisso. É tudo uma miséria! A senhora tem muita sorte!

— Sim, tem razão! — Madame apressou-se em concordar. — Isso é verdade! De fato, quando me comparo com os outros, acho que sou mesmo afortunada.

— Sem dúvida, sem dúvida! Trarei meus colegas da próxima vez, são todas pessoas desafortunadas! Posso contar com a senhora?

Madame riu com deleite.

— Ora! — expressou. Depois, com ar sério: — Será uma honra!

Depois desse dia, nossa casa ficou de pernas para o ar.

Não se tratava de uma brincadeira motivada pela embriaguez, porque quatro ou cinco dias depois ele teve mesmo coragem de aparecer com três colegas.

— Hoje foi a festa de fim de ano do hospital, vamos continuar a festejar em sua casa esta noite! Ficaremos acordados e beberemos muito! Esses dias, não há um lugar apropriado para prolongar uma festa, sabe? Ei, cavalheiros! Não é necessário ter reservas nesta casa, entrem, entrem! A sala de visitas fica deste lado, não precisam tirar os casacos, afinal está frio. — Ele gritava e se comportava como se fosse o próprio anfitrião. Um dos acompanhantes era uma mulher, parecia ser enfermeira, com quem flertava sem se incomodar com os outros. Tímida, Madame ria forçadamente e era tratada como uma criada.

— Perdoe-me, mas a senhora poderia pôr carvão neste *kotatsu*? E também trazer saquê como da última vez? Se não houver saquê, pode ser *shochu* ou uísque, não importa. Quanto à comida, ah, sim! Trouxemos um presente maravilhoso esta noite, delicie-se! Enguia grelhada com molho agridoce! Não há nada melhor quando está frio, um espeto é seu e nós comeremos o outro. Ei, alguém não trouxe uma maçã? Não fiquem com dó, ofereçam-na para esta senhora! É indiana[7], uma maçã de aroma excepcional!

Quando fui à sala de visitas para levar o chá, uma pequena maçã caiu do bolso de alguém e rolou até parar aos meus pés. Tive vontade de chutá-la. Uma única maçã! Ter a cara de pau de se gabar de um presente desses! Quanto à enguia, depois a observei, era fina como uma folha de papel e metade parecia ressecada, uma coisa horrorosa.

Naquela noite, eles fizeram algazarra por toda a madrugada adentro, Madame foi obrigada a beber com eles e, quando o dia começou a clarear, rodearam o *kotatsu* e dormiram todos amontoados sobre o chão. Madame também teve de se juntar a eles. Ela provavelmente não conseguiu pregar os olhos, mas o resto do grupo dormiu até perto do meio-dia e, depois de despertarem, comeram arroz com chá. Já não estavam mais embriagados, por isso pareciam um pouco abatidos e, como eu fazia questão de mostrar que estava particularmente irritada, todos evitavam o meu olhar. Foram embora juntos, sem muito ânimo, parecendo peixes mortos.

---

7. Variedade de maçã cultivada nos Estados Unidos.

— Madame, por que a senhora fica dormindo e se relacionando com pessoas dessa estirpe? Esse tipo de comportamento não me agrada.

— Perdoe-me! Sou incapaz de dizer não — reconheceu ela, com o rosto pálido e cansado por não ter dormido; havia até mesmo lágrimas em seus olhos. Não consegui dizer mais nada.

Em pouco tempo, os ataques daquela matilha de lobos só pioraram, esta casa se tornou o alojamento do professor Sasajima e, quando ele não vinha, seus amigos apareciam, passavam a noite e iam embora. Nessas ocasiões, Madame era obrigada a dormir amontoada com eles e acabava sendo a única que não pregava os olhos. Ela nunca teve uma constituição muito robusta e passou a cochilar nas horas em que ficava sozinha.

— Madame, a senhora não está com boa aparência. Precisa parar de receber pessoas dessa laia!

— Por favor, me perdoe! Não posso fazer isso! São todos desafortunados! Virem a minha casa para se divertir é tudo o que têm, não acha?

Absurdo! A fortuna de Madame definhava e, se continuasse naquele ritmo, dentro de meio ano a casa teria que ser vendida. Ela não permitia que as visitas percebessem essa situação de penúria. Sua saúde também estava prejudicada, mas, quando uma visita chegava, ela se levantava, se arrumava às pressas, dava um pequeno trote até a entrada e prontamente dava as boas-vindas com uma voz estranha, meio risonha, meio chorosa.

Um incidente desagradável ocorreu numa noite no início da primavera. Como de praxe, recebíamos em casa um grupo de bêbados que, aparentemente, atravessaria a noite na farra. Sugeri então à Madame que aproveitássemos um intervalo para fazermos um lanche rápido, e tratamos de comer, em pé na cozinha, os pães que tínhamos das provisões do racionamento. Madame se esmerava em oferecer iguarias apetitosas para as visitas, embora ela própria se contentasse com as provisões que estivessem disponíveis.

Naquele instante, alguém embriagado deu uma risada sonora e vulgar na sala de visitas.

— Não, não é nada disso! Com certeza tem coisa aí! Você e aquela senhora... — O restante foi algo absolutamente inapropriado e sujo dito em termos médicos.

Então, uma voz parecida com a do jovem professor Imai respondeu:

— O que está dizendo? Não venho aqui por sexo. Este lugar não passa de uma hospedaria.

Indignada, levantei o rosto.

Naquele instante, sob a luz fraca, lágrimas brilhavam nos olhos de Madame, que comia seu pão, cabisbaixa.

Tomada de pena, não fui capaz de fazer nenhum comentário. Madame, com o rosto ainda abaixado, falou com calma:

— Ume, me perdoe, mas você poderia aquecer o ofurô amanhã cedo? O professor Imai gosta de tomar banho pela manhã.

Foi a única vez que vi seu rosto com uma expressão mortificada, depois disso ela passou a se comportar como se nada tivesse ocorrido, dava risadas exageradas junto com os visitantes e corria da sala para a cozinha feito uma doida.

Ela dizia se sentir fraca e eu sabia bem qual a origem daquilo, mas, diante das visitas, ela não se mostrava nem um pouco debilitada. Apesar de todos serem médicos ilustres, nenhum deles parecia perceber que Madame não estava bem.

Em uma tranquila manhã de primavera, na qual, por sorte, não havia ninguém que tivesse passado a noite em casa, eu lavava roupas ao lado do poço quando Madame, cambaleante, saiu descalça e foi ao jardim, se agachou ao lado da cerca na qual as rosas floresciam e vomitou uma quantidade considerável de sangue. Dei um grito e fui acudi-la, segurei-a por trás e, escorando-a no meu ombro, a levei até o quarto. Deitei-a na cama e comecei a chorar.

— É por isso, é por isso que detesto essas pessoas! Chegar a este ponto! Eles são médicos, se não restabelecerem a sua saúde, não irei perdoá-los!

— Não, você não deve dizer nada para eles! Eles se sentirão responsáveis e ficarão tristes.

— Mas com a saúde tão prejudicada, o que a senhora pensa em fazer? Ainda vai se levantar para recebê-los? Se vomitar sangue enquanto estiverem todos dormindo juntos, isso sim será um grande espetáculo!

Ela refletiu por alguns instantes com os olhos fechados.

— Ficarei algum tempo na casa de minha família. Ume, você cuidará da casa e receberá as visitas. Essas pessoas não têm um lugar tranquilo para descansar. E não fale nada sobre a minha saúde — orientou ela, com um sorriso terno.

Aproveitando que ninguém havia aparecido, comecei a arrumar as malas nesse mesmo dia, e depois, pensando que seria apropriado acompanhar Madame à casa de sua família em Fukushima, comprei duas passagens. Ela estava bem melhor no terceiro dia, e felizmente ninguém havia aparecido até então. Apressei Madame, fechei as janelas, tranquei a porta e, quando chegamos à frente da casa, oh, céus!

Ali estava o professor Sasajima, aparentando estar bêbado em pleno dia, acompanhado de duas jovens que pareciam ser enfermeiras.

— Ora, vocês vão a algum lugar?

— Não, está tudo bem, não se incomode! Ume, me perdoe, abra as janelas! Por favor, professor, entre! Não se incomode!

Ela também cumprimentou as jovens com uma voz estranha, meio risonha, meio chorosa, e, correndo de um lado a outro como um ratinho, iniciou seu frenético rito de hospitalidade. Fui encarregada de fazer as compras e, quando abri a bolsa de viagem que Madame apressadamente me entregara no lugar da carteira para pegar o dinheiro, me surpreendi ao ver sua passagem rasgada ao meio. Ela devia tê-la rasgado sem que ninguém percebesse no momento em que topou com o professor Sasajima diante da casa. Eu ainda me assombrava com a sua infinita bondade, era a primeira vez que me dava conta de que o ser humano, diferentemente dos outros animais, possuía uma virtude tão preciosa. Retirei a passagem que trazia no *obi* e, serenamente, também a rasguei em dois pedaços. Com a intenção de comprar mais iguarias apetitosas para as visitas, continuei a minha incursão pelo mercado.

Apêndices

Sobre os contos

Osamu Dazai é considerado um dos grandes autores contemporâneos do Japão, por obras que continuam a ser lidas por jovens que encontram ecos de seus próprios anseios nas palavras desse escritor. Seus personagens masculinos, versões de si mesmo, estão sempre à margem, sentem-se inadequados e relutam em se conformar aos padrões e às exigências da sociedade. Incapazes de confrontá-la, eles se comportam de forma dissoluta e autodestrutiva, não raro terminando por recorrer ao suicídio como forma de libertação.

Mas se os seus personagens masculinos têm tons negativos, as narradoras-protagonistas às quais dá voz são diferentes, revelam uma grande energia e coragem ao questionar os valores ditados pela sociedade. Adolescentes ou mulheres casadas, elas valorizam sua individualidade, fazem descobertas sobre si mesmas e, com frequência, tais descobertas fazem com que se oponham àquilo que é considerado moralmente aceitável e procurem viver de forma mais autêntica. Dazai é um dos poucos escritores da primeira metade do século xx que se aventuram a escrever textos com narradoras mulheres. Geralmente, a exemplo do que ocorre nas obras de autores como Yasunari

Kawabata (1899-1972) e Jun'ichiro Tanizaki (1886-1965), para citar nomes mais conhecidos pelos leitores ocidentais, as mulheres surgem vistas pelo olhar masculino, na perspectiva de objetos de desejo etéreos e distantes, como no caso do primeiro; ou seres com forte apelo sexual, como no caso do segundo.

As narradoras de Dazai falam sobre o cotidiano, descrevem momentos de dor e alegria, expressam suas emoções e opiniões com sinceridade e sem reservas. A guerra e seus efeitos também aparecem como pano de fundo de muitos textos, uma vez que quase todos eles foram produzidos no período que compreende a Segunda Guerra Mundial.

A primeira coletânea intitulada *Mulheres* foi publicada em 1942 e reunia os seguintes contos: "8 de dezembro", "A estudante", "As tenras folhas das cerejeiras e o assobio misterioso", "O grilo", "A luminária", "Sem que ninguém saiba", "Pele e coração", "A humilhação" e "À espera". No posfácio dessa coletânea, Dazai escreve:

> De tempos em tempos, desde 1937, me pus a escrever textos sob a forma de monólogos femininos e já publiquei cerca de dez. Quando os releio, descubro que possuem pontos fortes e pontos bastante canhestros, e enrubesço. No entanto, como ouvi dizer que há muitas pessoas que os apreciam, dessa vez reuni apenas os textos com monólogos femininos em um volume. Seu título é *Mulheres*. Um título sem graça alguma, porém, ficar me preocupando demais com isso não me parece de bom gosto.

Às versões mais recentes da coletânea à venda no Japão foram adicionados os contos "História de uma noite de neve", "Osan", "A esposa de Villon" e o romance *O pôr do sol* (*Shayo*, 1947), que não consta neste volume; por outro lado, aqui foram acrescentados "Chiyojo" e "Madame Hospitalidade", totalizando catorze contos organizados cronologicamente.

A narradora de "A luminária" (*Toro*, 1937), Sakiko, é filha de um humilde fabricante de tamancos e seu envolvimento com um estudante cinco anos mais jovem a leva a cometer um crime que a faz questionar os valores da sociedade. No conto "A estudante" (*Joseito*, 1939), o mais longo desta coletânea e um dos primeiros grandes sucessos da carreira de Dazai, a protagonista conta tudo o que lhe ocorreu e pensou em um 1º de maio, desde seu despertar até o momento em que adormece tarde da noite — um relato comovente sobre a passagem da infância à adolescência. Em "Pele e coração" (*Hifu to Kokoro*, 1939), uma mulher descobre uma erupção de pele abaixo de seu seio esquerdo que rapidamente se espalha para todo o corpo e desencadeia uma avalanche emocional que a faz questionar seu casamento e avaliar a si mesma. Em "As tenras folhas das cerejeiras e o assobio misterioso" (*Hazakura to Mateki*, 1939), o surgimento das novas folhas das cerejeiras estimula uma mulher a se lembrar de um acontecimento misterioso ocorrido pouco antes da morte de sua irmã mais nova, trinta e cinco anos atrás. Em "O grilo" (*Kirigirusu*, 1940), uma jovem mulher anuncia seu desejo de se separar do marido e explica as razões que a levaram a tomar tal decisão. Já em "Sem que ninguém saiba" (*Daremo Shiranu*, 1940), a senhora Yasui, uma mulher de quarenta e um anos, relembra um acontecimento nebuloso de sua juventude envolvendo uma amiga da escola secundária e o irmão mais velho desta. Kazuko, uma jovem de dezoito anos, revela sua angústia em "Chiyojo" (1941): quando mais nova, duas de suas redações são publicadas em uma revista e ela passa a ser vista como uma grande promessa literária. Mas, insegura em relação ao seu talento e incapaz de suportar a pressão exercida pelas expetativas dos outros, ela repudia a escrita; mais velha, passa a questionar essa decisão. Uma dona de casa conta como foi o dia em que o Japão anunciou a entrada na Segunda Guerra em "8 de dezembro" (*Jyunigatu Yoka*, 1942), com seus sentimentos patrióticos e suas emoções se misturando aos acontecimentos que tornam essa data peculiar. "À espera" (*Matsu*, 1942) é um brevíssimo conto no qual uma mulher misteriosa de vinte anos diz que vai todos os dias até uma estação de Tóquio aguardar por alguém, ou algo, que não sabe quem, ou o que, é. Em "A humilhação" (*Haji*, 1942), Kazuko, uma jovem de vinte e três anos que se correspondia com um escritor, escreve cartas para sua amiga Kikuko, relatando como seu encontro com ele se tornou um dos momentos mais humilhantes de sua vida. "História de uma noite de neve" (*Yuki no Yoru no Hanashi*, 1944) começa com uma jovem chamada Junko perdendo um embrulho com as lulas secas que tinha ganhado de sua tia enquanto caminhava distraída pelas ruas cobertas de neve, e que pretendia dar à cunhada grávida. Desapontada, ela se lembra de uma história contada por seu irmão e decide substituir o presente perdido por outro que ela considera ainda melhor.

Os três últimos contos, "A esposa de Villon" (*Villon no Tsuma*, 1947), "Osan" (1947) e "Madame Hospitalidade"

(*Kyoo Fujin*, 1948), foram escritos no pós-guerra, o que se reflete em seus temas. As narradoras são mulheres mais calejadas do que aquelas dos contos anteriores. Elas vivem situações dolorosas, mas, ainda assim, são capazes de demonstrar uma grande capacidade de sobrevivência e sacrifício.

A esposa que narra como o fato de seu marido, um poeta decadente, ter roubado o dinheiro de um restaurante transforma a sua vida é o tema de "A esposa de Villon". Em "Osan", outro marido é a fonte das angústias e da tristeza de sua mulher. Por fim, em "Madame Hospitalidade", Ume, a empregada de um casal de classe média, descreve como o comportamento da patroa se transforma quando o marido não retorna do campo de batalha ao final da guerra.

Sobre o autor

Shuji Tsushima nasceu em 1909, na província de Aomori, nordeste do Japão. Filho de uma família de proprietários de terras, seu pai foi membro do Parlamento e morreu quando ele era jovem. Bunji, seu irmão mais velho, assumiu então a posição de chefe do clã seguindo os passos do pai na política. Na infância, Shuji era tratado com deferência pelos empregados da grande casa na qual morava com a mãe, irmãos, tias, primos e avós. Mesmo seus professores o tratavam de forma diferente dos outros alunos. Ele tinha inclinações pela esquerda e a consciência de fazer parte da aristocracia o constrangia, tanto que, em suas memórias, escreve que esse conflito foi o motivo de sua primeira tentativa de suicídio na adolescência.

Em 1930, ele deixa Aomori e entra no Departamento de Literatura Francesa da Universidade Imperial, atual Universidade de Tóquio, curso que não chegaria a completar e que parece ter escolhido por capricho. Ele nem sequer sabia francês e não tinha qualificações para passar no exame de admissão, condição que reconhece a um dos professores. Este fica admirado com o atrevimento do jovem e o aceita no curso. Seu primeiro ano na capital é cheio de acontecimentos que o marcariam profundamente. Keiji, um de seus irmãos mais velhos, estudante de escultura em Tóquio, adoece e vem a falecer. Esse também é o ano em que Shuji encontra Masuji Ibuse (1898-1993), um escritor que se tornaria seu guru e protetor. Finalmente, também é o ano em que Hatsuyo Oyama, uma jovem gueixa que conheceu na época da escola secundária, vai morar com ele em Tóquio. O caso é considerado escandaloso pela família. Bunji, seu irmão mais velho, procura separá-lo de Hatsuyo, mas como Shuji se mostra irredutível, estabelece algumas condições para que os dois possam ficar juntos. Uma delas é que o nome de Shuji seja retirado do registro da família Tsushima, ele aceita os termos e Hatsuyo retorna a Aomori para que o contrato com a casa onde trabalha seja negociado por Bunji. Pouco tempo depois, sozinho e deprimido por ter sido alvo das repreensões da família, ele conhece Shimeko Tanabe, uma jovem garçonete de um bar em Ginza. Após alguns breves encontros e dois dias juntos, eles se dirigem ao litoral de Kamakura, onde se atiram ao mar em uma tentativa de duplo suicídio. Shuji sobrevive, mas Shimeko, não. Esse episódio é narrado em vários de seus contos e também em *Declínio de um homem* (*Ningen Shikkaku*, 1948), seu último romance.

O escândalo é abafado pela família Tsushima, Hatsuyo é trazida às pressas e os dois se casam, mas Shuji nunca mais seria o mesmo. A vida matrimonial não se revela particularmente feliz para ele, e os dois passam a maior parte do tempo mudando de endereço para despistar a polícia devido ao envolvimento de Shuji com o Partido Comunista. Eles abrigam membros procurados, guardam panfletos e, ao menor sinal de alerta, debandam para outro lugar. Seu desligamento do partido ocorre em 1932, talvez por insistência de Bunji, que tinha ambições políticas, ou por ter descoberto que Hatsuyo havia sido infiel no passado. Em sua imaginação, ela teria se conservado pura até chegar a ele, e a descoberta de que essa imagem não correspondia à realidade o abala. Apesar disso, Hatsuyo é perdoada e a vida segue. A essa altura, os estudos na universidade já foram negligenciados e, quando finalmente o ano em que deveria se formar chega, ele mente para a família, e até mesmo para Hatsuyo, dizendo que irá se formar no ano seguinte sem falta, desculpa que voltaria a ser usada mais uma ou duas vezes. Ele se vê em uma situação delicada, pois não tem nenhuma perspectiva de se formar e depende do dinheiro que sua família envia todos os meses. É nesse cenário que começa a escrever uma série de textos de caráter autobiográfico, à qual dá o nome de *Meus últimos anos* (*Bannen*, 1936). Eles seriam um testamento, como *As confissões*, de Jean-Jacques Rousseau, a servir como um relato sincero sobre si mesmo. O suicídio era a primeira ideia que lhe ocorria quando ele se via contra a parede. Cada texto finalizado era inserido dentro de um grande envelope. Apesar desse contexto aparentemente desolador, é nesse período que Shuji estabelece relações mais estreitas com outros jovens escritores e começa a publicar seus textos em revistas. Suas veleidades literárias remontavam à adolescência, quando organizava e publicava jornais na escola secundária, mas ele ainda não considerava a escrita uma vocação séria.

Shuji usa o pseudônimo que passaria ao panteão literário japonês para assinar o conto "O trem" (*Ressha*) em

1933. Shuji Tsushima dá lugar, então, a Osamu Dazai. Os motivos que o levaram a adotar esse pseudônimo não são claros, bem como sua origem. Segundo Masuji Ibuse, seria por uma facilidade de pronúncia, uma vez que quando Dazai pronunciava "Tsushima" os outros entendiam "Chishima", mas talvez ele apenas não desejasse causar mais embaraços à sua família, que não via a carreira de escritor com bons olhos. Segundo Shuji, o nome "Dazai" teria sido sugestão de um amigo que lhe disse que havia um poeta no *Man'yoshu*[1] que gostava de escrever odes ao saquê. Como ele também apreciava a bebida, achou que aquele era um bom nome.

Ao fracassar numa seleção de emprego para um jornal, ele junta todo o dinheiro que possuía e, depois de um dia de pândega, vai até Kamakura, onde tenta se enforcar — uma nova tentativa de suicídio malsucedida. Pouco mais de um mês depois disso, ele sente dores no abdômen, é levado ao hospital às pressas e submetido a uma cirurgia para tratar uma apendicite aguda. Enquanto se recupera, descobre que tem uma doença pulmonar e, após um mês de convalescença, é internado em outro hospital. No entanto, durante a primeira intervenção, ele tinha se viciado em narcóticos.

Aos vinte e seis anos, Dazai é uma figura lastimável, abandona a universidade de uma vez, não tem perspectivas de emprego, pede dinheiro emprestado aos conhecidos e acumula dívidas para manter seu vício. Ao final, sua família intervém e o interna em um sanatório. Seu choque

---

1. A mais antiga coletânea de poemas do Japão, compilada no século VIII.

em ser posto junto a doentes mentais é grande, mas o tratamento é eficaz. Quando parece ter superado o pior, Dazai descobre que Hatsuyo se envolveu com um de seus amigos enquanto esteve internado. Abatido e sentindo-se traído, ele propõe a Hatsuyo que os dois cometam suicídio juntos. Os detalhes desse episódio são narrados no conto "Abandonando uma velha mulher" (*Ubasute*, 1938). Hatsuyo concorda, os dois vão até uma estação termal com esse fim e tomam soníferos, mas ambos sobrevivem. Dazai se separa de Hatsuyo e passa a levar uma vida mais reclusa nos dois anos seguintes. Viaja, vê alguns amigos, escreve pouco.

Seu casamento com Michiko Ishihara, uma jovem professora ginasial, ocorre por sugestão e intervenção de Masuji Ibuse. Dazai já não era o jovem inexperiente que tinha se casado com Hatsuyo e mostra-se disposto a assumir o casamento com seriedade. Procura ser um bom genro, um bom marido e transforma a escrita em seu ganha-pão. Seu conto "A estudante" (*Joseito*, 1939) o torna conhecido. Sua vida é tranquila e os sofrimentos passados parecem superados. Depois do nascimento da primeira filha, há até mesmo um tímido reatamento de relações com a família em Aomori, onde ele não era recebido desde seu envolvimento com Hatsuyo Oyama. Mas as coisas não se tornam mais simples. A guerra começa e, além dos racionamentos e restrições aos quais o cidadão japonês é submetido durante o período, os escritores ainda precisam evitar temas considerados delicados pelo governo, para não verem suas obras censuradas. A maior parte da produção de Dazai desse período trata de temas mais neutros, retoma personagens históricos ou fábulas japonesas. Sua atitude não é nem de crítica nem de apoio em relação à guerra. Seu tom é de resignação. O Japão iniciou sua batalha, seus amigos e conhecidos davam a vida pelo país, seu dever cívico era procurar animar seus concidadãos e demonstrar algum otimismo, mesmo que fingido. Entretanto, ele parece acreditar que a guerra traria uma espécie de transformação da moralidade japonesa, que o país aprenderia sua lição e sairia purificado, que a hipocrisia seria desmascarada e todos se tornariam bons e sinceros. Essa era sua utopia.

Mas a guerra não traz nada disso. Dazai tem mais um filho, portador de síndrome de Down, sua casa é destruída, a casa onde se abriga em seguida também tem o mesmo destino e ele se vê obrigado a realizar uma penosa viagem com esposa e filhos até a casa de sua família em Aomori. O final da guerra o encontra ali, vivendo, como diz em tom amargo, como um parasita. Ele se mantém ativo, escreve, recebe visitas e ainda tem esperanças em relação ao futuro do Japão, mas seu retorno a Tóquio, no final de 1946, marca uma mudança profunda em seu estado de espírito. Seu tom otimista dá lugar ao desencanto e ao niilismo. O país foi destruído, muitas pessoas morreram e nada parece ter mudado. Aqueles que apoiavam os militaristas e o imperador agora passam a criticá-los e mostram-se ávidos por acatar as decisões do governo de ocupação. O sofrimento não trouxe mudanças, a hipocrisia continuava existindo. Os textos escritos por Dazai nos anos do pós-guerra têm um tom amargo, as figuras masculinas de suas obras, seus *alter egos*, são homens sem vontade ou razão para viver, como o próprio autor, que, na noite de 13 de junho de 1948, atira-se no rio Tamagawa com sua amante Tomie Yamazaki. Seus corpos são encontrados no dia 19, data em que Dazai completaria trinta e nove anos.

Seu túmulo encontra-se no templo Zenrinji, perto da casa na qual morou em Mitaka, Tóquio. Ele se tornou o ponto de encontro dos fãs que aí se reúnem todos os anos na data de seu aniversário.

Outras obras de literatura japonesa publicadas
pela Editora Estação Liberdade

OSAMU DAZAI
   Declínio de um homem

YASUNARI KAWABATA
   Beleza e tristeza
   A casa das belas adormecidas
   Contos da palma da mão
   A dançarina de Izu
   A Gangue Escarlate de Asakusa
   Kawabata-Mishima: correspondência 1945-1970
   Kyoto
   O lago
   O mestre de Go
   Mil tsurus
   O país das neves
   O som da montanha

Natsume Soseki
- *Botchan*
- *E depois*
- *Eu sou um gato*
- *O portal*
- *Sanshiro*

Jun'ichiro Tanizaki
- *Diário de um velho louco*
- *A gata, um homem e duas mulheres* seguido de *O cortador de juncos*
- *As irmãs Makioka*
- *A Ponte Flutuante dos Sonhos* seguido de *Retrato de Shunkin*

Yasushi Inoue
- *O castelo de Yodo*
- *O fuzil de caça*

Nagai Kafu
- *Crônica da estação das chuvas*
- *Guerra de gueixas*
- *Histórias da outra margem*

Yoko Ogawa
- *A fórmula preferida do Professor*
- *O museu do silêncio*
- *A polícia da memória*

Ryunosuke Akutagawa
Kappa e o levante imaginário

Eiji Yoshikawa
Musashi

Ogai Mori
Vita sexualis

Hiromi Kawakami
Quinquilharias Nakano
A valise do professor

Banana Yoshimoto
Tsugumi

Sayaka Murata
Querida konbini
Terráqueos

Yukio Mishima
O marinheiro que perdeu as graças do mar
Vida à venda

Masuji Ibuse
Chuva negra

Otohiko Kaga
Vento Leste

ESTE LIVRO FOI COMPOSTO EM GATINEAU CORPO 11 POR 15 E IMPRESSO SOBRE PAPEL OFF-WHITE AVENA 80 g/m² NAS OFICINAS DA RETTEC ARTES GRÁFICAS E EDITORA, SÃO PAULO — SP, EM JULHO DE 2022